JN307630

喘ぎ泣く死美人

横溝正史

角川文庫
14520

目次

河獺
かわうそ

一、お蔦の話

「河獺《かわうそ》が美しい若衆姿に化けて綺麗《きれい》な娘の許《もと》に通った。という話が昔からよくありますね。今の時世から考えて見ると馬鹿馬鹿しい話ですが、私も一つこんな話を知っていますよ。いや、実は私もその事件の中に関係した一人《いちにん》なんです。何、その話をしてくれって、ええそれはしてもよござんす。しかし何しろ三男の久三郎の生まれた年のことですから、今から二十五六年も昔のことになりますよ。よござんすか、じゃあ致しましょうかな」

そう言って久作老人は、ちょっと話の前後《あとさき》を纏《まと》めるらしく、その幸福そうな顔をしばし恍惚《うっとり》とさせた。

久作老人は今でこそできのいい息子達のお蔭《かげ》で安楽なその日を送っているが、若い時にはけっして楽な日を過ごした人ではなかった。故郷《くに》は丹波《たんば》の山奥であるということだが、そこで三男の久三郎君が中学を出る頃までは、鋤鍬《すきくわ》を握って暮らした人なのである。老人が今ここに話そうとする事件も、その頃に起こったことだ。

「何しろ丹波の山猿だの山男だのと、諺《たとい》にも引かれようというところですし、それに今から二十何年も昔に起こったことですから、今の貴方《あなた》方から見れば、馬鹿馬鹿しくて本当にできないような点もあるに違いありませんが、少しも嘘偽りのないところをお話しするんですから、その心算《つもり》で聞いていて下さい」

お蔦《つた》という娘があった。

美しくておとなしくて、それでいてなかなかしっかりとした気性を持っているというので、村中での褒めものであった。山猿にも較べられようという男達も、この娘だけは何ともすることができなかったと見えて、十九の歳まで悪い噂一つ立てられたことのないという、そんな土地には珍しい娘であった。

もっともそれは、お蔦の家が一軒だけ優れて高い位置にあったということも、手伝っていたには違いなかった。平藤《ひらとう》という姓を持った彼女の家は、土地でも指折りの分限者《ぶげんしゃ》で、平家の落人《おちゆうど》から始まっているというその家柄は、古いことにおいては近村中でも第一等であった。数代前の主人の時には、その数奇《すき》を凝らした客間に、一度ならずある高貴の賓客《まろうど》を招待したということであった。お蔦の父親の代になってからは、昔の全盛に較べるとずっと下坂《くだりざか》になったと、昔を知っている老人達はよく語っていたが、それでも広い地所と山がまだ残っていた。それにその蔵ざらえでもしようものなら、どんなに珍しい物が出るかわからないという話であった。

とはいえ、お蔦はそんなことではけっして幸福《しあわせ》ではなかった。彼女はほとんど肉親の愛というものを知らない不幸な娘であったのである。

お蔦の母親はある由緒正しい神主の家から嫁いで来たのであったが、お蔦がまだ幼い間に、二人の子供を残してこの世を去った。その後へ入込《いりこ》んで来たのが今のお蔦の継母《けいぼ》お福である。

お福はお蔦の母のように立派な家庭に育った女ではなかった。彼女はまだお蔦の母親が生きている頃から密《ひそか》にこの機会の来るのを願っていた女である。

お福が入込んで来た二年目に、お蔦の兄の宗太郎が家出をしてしまった。お福が苛《いじ》め出したのだという評判がもっぱら高かった。

そしてまたお蔦が十六になった年、今は唯一人の肉親である父親の宗右衛門《そうえもん》は、遺伝と酒のために白痴同様に耄碌《もうろく》をしてしまったのである。

お蔦はこうした家庭に育った娘である。

しかし彼女はこうした境遇の中にあっても、けっして世の常の継子《ままこ》のようにひがむということを知らない娘であった。ただ彼女はこうした環境のために幾分娘らしさというものを失った。その代りにまた彼女はその美しい天性の上に、さらに多くの美徳を加えることができたのであった。お蔦は村の人々の喜ぶことならどんなことでもしてやった。だから彼女を娘一人と侮って悪戯《いたずら》をするようなことはけっしてなかったのである。

こうしてお蔦は十九になった。ところがその春から不意に悪い噂が村の人々の口にのぼるようになった。悪いといって嫁入り前の娘にとってこれほど有難くない噂はまたとあるまい。

　というのは、お蔦には源兵衛池《げんべえいけ》の主が魅入《みい》っている、としてお蔦はすでにその胤《たね》さえ宿しているというのであった。

　お蔦の村と隣村との境に大きな古池があった。人々はそれを源兵衛池と呼んでいた。百数十年以前、村の土民達が領主の圧政に堪えかねて一揆《いっき》を起こそうとして果たさず、捕えられて重立《おもだ》った者十数人が一度に首を刎《は》ねられたことがあった。その時、一夜にして領主の御用地が大池に化してしまった。それが源兵衛池であると昔から言い伝えられていた。

　源兵衛池の辺《ほとり》には古びた稲荷様《いなりさま》の祠《ほこら》があった。それは数ヶ村の百姓達の犠牲となって非業の最期を遂げた義民の首魁《しゅかい》源兵衛をまつってあるというので、人々はそれを源兵衛稲荷と呼んでいた。

　源兵衛池には昔から種々の物凄《ものすご》い物語の数々が伝えられている。池の中から人の啜泣《すすりな》く声が聞こえるの、深夜水の中で火が燃えるの、また無数の首が浮いて池一面が血の海になったのと、数え挙げる段には際限のないほどのたくさんな気味悪い話が、親から子へ、子から孫へと、寝物語の話の種に伝えられていた。

　そしてこの話が起こった当時でさえ、人々は実際に、源兵衛池には一匹の年経た河獺が主として棲《す》んでいるということを信じていたのである。

その河獺とお蔦との間に関係があるというのだ。

「馬鹿馬鹿しい話ですが、今から二十五六年も昔には、人々はそんなことがあり得るものだと考えていたんですね」

と、久作老人は語った。

「もちろん、中には物の解った人もありまして、そんな馬鹿げたことのあるはずがないという人もありましたが、何しろ大勢の人々が信じ切っているのですからどうにもしようがなかったんです。それにしてもどんなところからこんな馬鹿な噂が立つようになったかと言いますと、お蔦さんは毎夜そっと家を抜け出して、源兵衛池へ通って行くんです。どんな用事があって行くのか、そこで何をして来るのか、それを知っている者は一人もありませんでしたが、お蔦さんが源兵衛池へ通って行くということは確かだったんです。それに何人も見た人があります。現に私などもその一人《いちにん》なんです」

それは春まだ浅い二月始めのある夜のことであった。久作老人——といってもまだその当時は若かったが——のお内儀《かみ》さんが急に産気づいたので、大急ぎで誰かを産婆の許へ走らせなければならなかった。その当時長男の久太郎君もまだほんの子供で、源兵衛池の側を通って隣村まで行かなければならない用事に、夜更けてから出してやることはできなかった。そこで結局いやでも老人自身が行くより他はなかった。

旧暦とはいえ二月といえば山国ではまだ寒い。それにそぼそぼと冷たい雨の降る夜で、久作老人は提灯《ちょうちん》を濡《ぬ》らすまいと思って、幾度も重い傘を持ち変えなければならなかった。

久作老人もかねてから源兵衛池の怪異を聞いて知っていた。彼自身はそんなことを信じようとは思わなかったがそんな真夜中にそこを通ることはけっして気持ちの好《い》いものではなかった。何とも言いようのない淋《さび》しさに気が滅入《めい》るように思われた。両側を竹藪《たけやぶ》で区劃《くぎ》られた細道の向うには気味の悪い伝説を持った古池のどす黒い水が、ぼつぼつ雨に波紋を画《えが》きながら静かな底光りを放っている。蛙《かわず》こそ鳴かないが道具は充分揃っていた。それに濘泥《ぬかるみ》の中を行く下駄《げた》の、泥をはねる音の淋しさと言ったら……。

突然久作老人は立ち止まった。そして素速く提灯の火を袖《そで》でかくした。彼はごく微《かす》かながらも、誰かが竹藪を掻《か》き分けて此方《こちら》へやって来るらしい気勢《けはい》を感じたのであった。老人は道傍《みちばた》に突っ立ったまま、きっとその方を覗《うかが》っていた。それは間違いではなかった。笹の葉擦《はずれ》の音と、枝を踏み折る音がだんだん間近くなって来た。

誰だろう、この真夜中に、と老人は心の中で怪しんだ。そして、この藪の向うにはたしかに源兵衛稲荷があるはずだが……、そう考えた時老人は何がなし慄然《ぞっ》と寒気を覚えた。

その途端、黒い影がふいに藪の中から跳び出した。待ち構えていた老人はいきなりその黒い影に跳びつこうとした。が、曲者《くせもの》の方はそれより早く、地の上に円く画かれた灯影《ほかげ》を見て、

「あッ」と叫ぶと蝙蝠《こうもり》のように身を翻して逃げ出した。もちろん老人は猶予なくその後を

追い駆けて行った。

黒い影は竹藪の角を屈《まが》って、源兵衛稲荷の方へ逃げて行ったが、その途中でとうとう久作老人のために捕えられてしまった。

老人はすかさずその顔へ提灯を差しつけた。が今度は曲者より老人の方がびっくりしてしまった。

「お嬢さん！」

と久作老人は叫んだ。実際それは平藤の一人娘お蔦であった。

お蔦は頭からずぶ濡れになっていた。髪の毛がきらきらと光ってその蒼白《あおじろ》い顔は物凄いようであった。

「久作さん？」

お蔦はまだ治まらない胸の動悸《どうき》に、息を喘《はず》ませながらそう言った。

「ええ久作ですが一体お前さんはどうなすったんです、そんな態《なり》で」

そう言われてお蔦は始めて自分の体を見廻した。そして目を上げると、哀願するように久作の顔を見た。

「何かわけがあるなら言ってご覧なさい、可哀想に、この寒いのに寝着一枚《ねまきひとつ》で」

老人は優しくそう言って側へ寄って行こうとした。しかしその途端、女はすらりと老人の側をすり抜けると今来た方へばたばたと逃げて行った。老人はあまり不意のことに、呆《あっ》気《け》に取られてぼんやりとその後姿を見送っていた。追い駆ける勇気もなく……。

「そんなことがあってからも、お蔦さんが源兵衛池へ通って行くという噂はますます高くなって来ました。私も一度あんなことがあってからは、前のように真剣になってお蔦さんを弁護してやることは出来なくなってしまいました。まさか河獺と関係があるなんて、そんな馬鹿なことを思やしませんが、どうも腑《ふ》に落ちないところがあるので、真面目になって同情してやる気にはなれませんでした。私は、最初、継母に苛め出されて仕方なしにあの四辺《あたり》を歩き廻っているのじゃないかと考えていたんですが、よく考えて見るとそんなことがそう毎晩あるはずがありませんし、それに何も好んであんな気味の悪いところをよって歩かなくってもいいわけです。その気味の悪いのも厭《いと》わないところに、何か曰《いわ》くがありそうなんです。若い女がそんなに大胆になるのは一体何だろう。私はそんなふうにも考えてみました。

こんな噂が高くなるにつれて、継母の虐待もいっそう苛《ひど》くなるらしく、お蔦さんはいつでも、泣き脹《は》らした目で暮らしていましたが、それにも拘《かかわ》らずやはり夜更けて家を抜け出すことを思い切らないようでした。

こんなありさまは二月の終り頃まで続きました。

ところがある朝、たしか二十七日の朝だったと思いますが、お蔦さんがとうとう死んでいるのが発見《みつか》ったんです。それがまた、源兵衛池の中に死体になって浮いていたのですから、世間の口が五月蠅《うるそ》うございました。そら、とうとう河獺に引っ張り込まれた、と人々は囁《ささや》き合っていました。そんなことは無論問題にはなりませんが、とにかくお蔦さんの死が自殺でないことだけはたしかだったんです。水に溺《おぼ》れる前に絞め殺されていたものに違いないと医者も言っていました。

その当時はこの話でひどい騒ぎでした」

二、妙念の話

妙念という若僧があった。清行寺《せいこうじ》と額の上った寺の中に、道徳堅固に清く行い澄していた。年も二十二で浮世絵から抜け出して来たような美しい僧形を持っていた。剃《そ》りたての頭の青々とした彼の若僧姿は、托鉢《たくはつ》に出る度に村の若い娘の浮気心をそそった。言いよる娘も少なくはないということであったが、そんなことで堕落するほど彼の志操は弱いものではなかった。

その頃、彼はまだ剃髪《ていはつ》してからようやく二三年にしかなっていなかったが、それに拘らず住持の彼に対する信用と寵愛《ちょうあい》は非常なもので、

「今に妙念は立派な知識になります」

と、住持は会う人ごとに誇らしげにそう語っていた。だから檀家《だんか》の人々から寺へ何か頼

みに来る時も、「妙念さんにもぜひ」という言葉を加えなければ、住持の機嫌が悪かったのである。

「実はその妙念というのは私の甥《おい》なんです」

と、久作老人が語った。

「俗名は健一といって、私の兄の子なんです。兄夫婦は村で流行《はや》り風邪があった時、揃って死んでしまいました。その時健一は中学の二年でしたが、学校は非常に好きでしたし、それに出来もよかったので、いまさら止《よ》すのも惜しいものだと思って、私が苦しい中から学資を拵《こさ》えてやりました。ところがいざ卒業という間際になって急に学校がいやになったと言って帰って来ました。そして誰《たれ》にも相談をせずに隣村の清行寺へ行って出家してしまったんです。無論その当時、私達は種々と意見をしましたが、本人がどうしても聞かないのでとうとうその望みに任せることにしました。中学を出てもその上の学校へ行ける当てはありませんし、それにほかのことと違って出家するというんですから、亡くなった兄夫婦のためにもその方が好《よ》かろうと思って許したわけなんです」

その妙念が、お蔦の死骸《しがい》の浮き上がった朝、頭痛がすると言って、今まで一度も欠かしたことのない朝のお勤めにも起きて来なかった。そして作男の多助が何気なくお蔦の死んだことを話すと、真蒼《まっきお》になって夜具の上に起き上がったというので、住持の観渓《かんけい》和尚は一方ならず心を痛めた。まさかとは思うが弟子と思う身には気がもめた。

「まだ若いのだもの、それに女に騒がれるように生まれついているのだから……」

和尚はそう考えるとけっして弟子を非難する気にはならなかった。といってもし和尚の考えているようなことが事実なら、出家の身として許されるべきことではなかった。

和尚がそんなふうに気を痛めているところへ、ちょうどよし、久作老人が尋ねて来た。

「ちょっとこちらに用事がありましたので、これはほんの不味《まず》い物ですが……」

そういって和尚の好きなおはぎの重詰を手土産に持って来た。

二人の話は自然とお蔦の事件の方へ流れて行った。和尚はしばらく何気ない態《てい》でその話に時を移していたが、機会を見てふと言葉を改めて言った。

「貴方《あなた》は実にいいところへいらしった。実は聞いていただきたいことがあるので……」

和尚はそう言って今朝からの心配事を残らず打ち開けた。

「よもやそんなことはなかろうとは思うが、何しろ若い者のことだから……。それに大分前から変だ変だと思っていたんです。始終そわそわとして落ち着きがなかったり、また夜そっと抜けて出るらしいことも一度や二度ではない。現に昨夜《ゆうべ》なども……」

そう言って和尚は四辺《あたり》を憚《はばか》るように口を噤《つぐ》んだ。

久作老人も始めて聞いた甥の不埒《ふらち》にびっくりしてしまった。

「それじゃ何かお蔦さんと……」

「さあ、確かなことはよく解らないのですが、どうもそうじゃなかろうかと思い当る節がたくさんあるので……」

そんな話を聞くと、久作老人も叔父《おじ》の身として驚かないわけにはゆかなかった。出家の身として大胆にも女犯《にょぼん》……。考えても忌わしい限りであった。

「それじゃちょっと容子《ようす》を見て来ますから」

久作老人はそう言って座を立った。

老人が次第によっては強《こわ》い意見の一つも加えなければなるまいと考えながら、妙念の部屋を訪れた時、彼は何か慌《あわただ》しく夜具の中へ匿《かく》したように見えた。しかし老人はそれを強いて見ようとは思わなかった。

妙念は床の上へ起き直っていたが、今しがたそこで食事をしたらしく、枕元にはお膳《ぜん》だの飯櫃《おはち》だのが並んでいた。

「つい風邪を引いてしまったものですから」

と妙念は叔父の顔を見ると、言訳らしくそう言って淋《さび》しげに微笑んで見せた。その何とも言いようのない淋しそうな笑顔を見ると、老人はいつでも痛々しいような可哀《かわい》いような感情《こころ》で一杯になるのであった。

「それで、もう好《い》いのかい」

「ええもう大丈夫なんです。今起きようと考えていたところですから」

「そうかい、それは好かった。しかし風邪は恐ろしいから気を付けて精々用心しなきゃいかん、お前のお父さんやお母さんも風邪で取られたのだから」

「ええ」

妙念は目を伏せて微《かす》かに頷《うなず》いた。

老人はそれを痛々しげに見守っていた。妙念は平常《いつも》よりは少し蒼白《あおじろ》い顔をしていたがその他に別に変ったところはなかった。

老人はどういうふうにしてその話を切り出そうかと焦りながらも、口では全く別なことばかり喋《しゃべ》っていた。

「お蔦さんが死んだそうですね」

しばらくすると妙念の方からそう切り出した。

「そうさ、村は大騒ぎをしているが、それについて私《わし》はお前に少し話したいことがあるのだ」

「はあ」妙念は膝《ひざ》の上に置いた手を嬲《なぶ》りながら神妙にそう答えた。

「和尚さんは、お前がお蔦さんと何か関係があるように仰《おっしゃ》るのだがそれは本当のことかね、和尚さんはこう仰るのだ……」

そう言って久作老人は和尚から聞いた話をして聞かせた。妙念は静かにそれを聞いていたが、叔父の話がすんでもなかなか口を開こうとはしなかった。

「和尚さんがそう仰るのは無理はありませんが……」しばらくしてから妙念は静かにそう

言った。「しかし私……」

そう言ったが終《しま》いまで言ってしまう勇気がなかった。彼は涙ぐんだ目を上げて老人を見た。

「それじゃお前、これは本当のことかい」

「ええ」と妙念は頷いた。

「何、本当だ」と老人はびっくりした。「それじゃお前は忌わしい女犯を……」

「それは違います叔父さん」と妙念は慌てて遮った。

「それじゃお前は何のために夜抜けて出るのだ」

そう聞かれると妙念は、何とも答えることはできなかった。

「私を信じていて下さい叔父さん、私にはけっして疚《やま》しいところはないんです。理由《わけ》はまた後に話す時が来るだろうと思いますが、それまでは何にも聞かないでおいて下さい」

妙念はこれ以上頑として語らなかった。

久作老人が不安な気を抱いて山門を出たのは、もう四時過ぎであった。門前の大きな銀《いち》杏《よう》の裸木には、無数の烏が止まって不吉な声を立てていた。山国はことに雲の行来《ゆきき》の慌《あわただ》しき心地せらると古《いにしえ》の作者の書いた空を仰いだ時、老人は何かなしにほっと溜息《ためいき》を吐いた。

久作老人はもう一軒寄らなければならない家があった。彼はそこで晩飯を御馳走《ごちそう》になったが、何かと話に花を咲かせている内に、思わず時を費してそこを出たのは八時過ぎであ

った。主《あるじ》が提灯《ちょうちん》を出そうというのを、

「何、いい月夜ですから」

と無理に断って出たのであった。

老人が言った通り、からりと美しく晴れた夜で、満月に近い月の光りに遠いところまで、水の中に浸っているように美しく見えた。老人は銀色《ぎんしょく》に光っている道に冷く画《えが》き出された自分の影法師を踏みながら黙々として歩いていた。彼の胸は甥《おい》のことを考えているので暗く重苦しかった。

勿論《もちろん》老人は甥を信用していた。しかしまだ若い者のことだからという不安が直ぐその次に顔を出した。道々老人はこんなことを考えていたが、ふと行手に源兵衛池の横わっていることを考えると、何だか無気味な心持がした。この前の時とは違ってその夜はいい月で、無気味な古池の姿がはっきり見えるだけ、いっそう気持が悪かった。老人は古池の側の細い径《みち》をすたすたと一心に歩いていた。くっきりと聳《そび》えた源兵衛稲荷の森がだんだん近くなって来た。それを見るにつけて老人にはこの間の夜のことが思い出されるのであった。

老人が源兵衛稲荷のすぐ前まで来た時であった。彼の鋭い耳は誰かが向うからやって来るらしい足音を早くも聞きつけた。老人はそれを聞くと反動的に傍《かたわら》の木の影に身を陰《かく》した。足音は次第に近くなって来た。そしてついに老人の眼の前にその姿が現れた。月に照らされたその僧形の姿を見た時、老人はびっくりして声をかけた。

「妙念!!」

妙念は驚いて立ち止まった。しかしその瞬間叔父の姿をそこに認めた時、彼はものも言わないですたすたと駆け出した。

久作老人は硬直したようにその後姿を見送っていた。ちょうどその時であった。ふと振り返った眼を鋭く射たものがあった。老人はびっくりして大声を上げると一散に駆け出した。

源兵衛池の中に火が燃えていたのである。水の中にぼうぼうとして火が燃え上がっていたのである。

「お福さんが殺されたのはそれから一週間ほど後でした。ええお蔦さんの継母《ままはは》のお福が殺されたんです。

それはお蔦さんの初七日の晩でした。その日は朝から苛《ひど》い嵐でしたが、夜に入ってからは源兵衛池の唸《うなり》まで混ってそれは気味の悪い夜でした。あなた方はご存じないかも知りませんが、古い池になると嵐の晩などによく不思議な音を立てるものです。それは聞いていると実に物凄《ものすご》い声で、啜泣《すすりな》いているような、怨《うら》んでいるような怒《いか》っているような、慄然《ぞっ》とするような声なんです。お福さんはそんな晩に殺されたんです。犯人は判りませんが、縁側で咽《のど》を絞められて死んでいたんです。その時まで座敷の方ではかなり大勢の人々が御詠歌を上げていたんですが、嵐の音で少しも気が付かなかったんですね。お蔦さんの事件がまだ片附かない間にまたこの事件ですから、警察でもそうそう放っておくわけにもゆかなくなって本部の方から刑事の応援がやって来たりしました。お福さんの亡くなった翌《あく》る朝、刑事が犯人の足跡らしい草鞋《わらじ》の後をつけて行きましたが、それがどうでしょう。源兵衛池の側まで来て消えているんです。その話を聞いた時ばかりは私も慄然《ぞっ》としました。この間の晩に見た怪しい火といい、さすがの私も御幣がかつぎたくなって来ましたね。しかし幸い妙念のことは刑事も気が付かなかったようでした。何でも和尚の心配で一室を出られないように厳しく申し渡されたそうです。本人はそれに大分不服があったようでしたが私はそれを聞いて安心しました。

刑事は大分綿密な調査をやっていたようでしたが何にも解らないようでした」

三、お米の話

お米《よね》という娘があった。山番の一人娘で、年は二十の、美しい娘であった。黒眼の勝った大きな眼と、牡丹《ぼたん》の花弁《はなびら》のような唇を持った、見様《みよう》によってはずいぶん蓮葉《はすば》にも見えようという、非常に明るい、派手な容色《きりょう》の持主であった。桃割のよく似合う娘で、いつもきちんと大きなまげに結っていた。そして滅多に白粉《おしろい》の香を絶やしたことのない娘であった。

山番夫婦にとっては、この美しい娘が何よりの宝であり掌中の珠《たま》であった。

「鳶《とび》が鷹《たか》を生んだようだ」という陰口を聞いても彼らはけっしてそれを悪くは思わなかった。それほど彼らは自分らのことはさておいて娘の美しいのが誇らしくあったのである。だからお米のいうことならどんなことでも通らないということはなかった。出来るならば娘のためには琵琶《びわ》湖から生魚《なまうお》でも取寄せようという夫婦であった。したがってお米は村一番の気随者として大きくなったのである。

「たかが山番風情の娘だ。あの態《なり》は一体どうしたというんだろう」と眉《まゆ》を顰《しか》める人もあったけれど、そんなことは山番夫婦にとっては嫉《ねた》みとしか思えなかったのであった。

お米が十二の歳であった。

その年は滅多にない豊年であったので、村では盛んな豊年祭が催された。そして村の若者達の草相撲が評判になった。ある日美しく着飾ったお米は両親に護《まも》られてその相撲を見物に出かけた。山番夫婦にとってはそんなことが一番楽しみであったのだろう。彼らは自分の娘をよく見せるためには、自分らが下男に見えようが乳母と思われようがそんなことには一向頓着《とんちゃく》のない夫婦であった。行き違う人々が皆一度振り返って娘を見るのを見て彼らはわけもなく悦にいっていた。しかし残念なことにはいくら美しく着飾っていてもお米はやはり貧しい山番の娘であったので、いやでも薄穢《うすぎたな》い百姓達と一緒に隅の方へ坐らなければならなかった。幼いお米は憧《あこが》れの目を上げて桟敷を眺めた。そしてそこに自分よりも一層美しく着飾ったお蔦の姿を見た時、彼女は幼いながらも言いようのない屈辱を感じたのである。

「お蔦さんと一緒なら私はどこへも行きたくない」

とその夜帰宅してから、お米はそう言って夜中《やちゅう》泣き続けたという。

それ以来お米はけっしてお蔦とは口を利かなかった。だんだん年がいってお針の師匠へ通うようになった時も、お米は、

「お蔦さんがいるからいやだ」

と一ヶ月もたたない間に止めてしまった。そんなときでも山番の夫婦はけっして娘の気に逆らおうとはしなかった。

「もっともだ、俺に金があれば平藤のお嬢さんにだってけっして負《ひ》けは取らしはしないものを」

と山番は言った。

田舎では子供が早く成熟する。ことにお米は美しい娘だけに、十六にもなると早さまざまな噂を立てられ始めた。そして二十になるまでには幾人という男と浮名を立てられていた。彼女は自分の美しいことを充分よく知っていたので男なんてものを何とも思っていなかったのである。夜遊びや男の家に泊ってくることは、彼女にとっては平気であったのである。それは山番の夫婦がそういうふうに育ててしまったのだとも言えよう。

しかしそれでも十八九にもなるとかなりたくさんの縁談があった。中には今までの悪い噂を承知で貰《もら》おうという熱心なのもあったがお米はそんな話には耳も貸そうとはしなかった。

「土臭い百姓を亭主に持つなんて私いや」

と彼女はにべなくはねつけた。親達もそれを尤《もっと》もだと思った。その癖彼女と噂を立てられた男は皆その土臭い百姓であったが……。

こうしてとうとうお米は二十の春を迎えてしまった。さすがの親達もだんだん心配になって来た。そこへまた更に心配な種がふえた。それはお福が殺されて大騒ぎをしている頃であった。

「この頃どうもお米さんの容子《ようす》が可怪《おかし》いようじゃないか、また源兵衛池の主と違うかい」

「どうもそうらしいぞ。お蔦さんの二の舞だが、河獺様《かわうそさま》もまた気の多い」

そんな噂を聞くにつけて山番の夫婦は娘のことが気になり出した。そう聞くと娘のこの頃の容子が少し怪しいように思われる。夜遊びはいつものことだが、この頃のは少しどうも変だ。こんなふうに夫婦はひそひそと囁《ささや》き交した。そこである日二人してそれとなく娘に意見をしてみた。近頃は物騒だから少し夜遊びを慎んではどうかと。しかし生憎《あいにく》なことには、彼らは自分らの言うことを素直に聞くように娘を育ててはおかなかった。お米は鼻先でふふんと笑った。

って来た。

その後もお米の夜遊びはなかなか止みそうにもなかった。そして河獺の噂は再び高くなって来た。

そう言われると気の弱い夫婦には二の句が継げなかったのである。

と彼女はたからかに嚙酸漿《かみほおずき》を鳴らしていた。

「老人《としより》の取越苦労ほどいやなものはないよ」

「一の小町がすんだから今度は二の小町だ。やれやれ容色《きりょう》よしに生まれた娘の気の毒な」

と、そんなことを言う者もあった。事実、お米が夜更けて源兵衛池の畔《ほとり》を歩いているのを見た者は何人もあったのである。

そんな話を聞くと山番の夫婦は躍起となった。娘には内密《ないしょ》で名高い修験者にご祈禱《きとう》をしてもらったりお守札《まもり》を戴《いただ》いたりしたが、結句何にもならなかった。

ある夜父親は、娘の出て行った後をそっとつけて行った。娘は小さな風呂敷包《ふろしきづつ》みのような物をかかえていたが、後も見ずにすたすたと径《みち》を下って行った。かねて覚悟はしていたものの、娘がだんだん源兵衛池の方へ近づいてゆくのを見ると、山番は言いようのない不安に襲われて、幾度か娘を呼びもどそうかとも思ったが、しかし娘の気に逆らうことの一番恐い彼は、やはり知れないようにそっとついて行く方が安全だと考えたのであった。

お米は坂を下りると左の方の径をとった。もう源兵衛池へ行くのだということは疑いもなかった。山番はその姿を見失わないように速力を速めなければならなかった。そのために一度は気づかれやしなかったかとはっとしたこともあったが、幸い気づかれることなしにその後をついて行くことができた。

ところがどうしたものか、源兵衛池の側まで来た時、彼はふと娘の姿を見失ってしまった。彼は稲荷様の祠《ほこら》の中を窺《のぞ》いて見た。しかしそこには五六本のお蠟燭《ろうそく》が消えかかっているだけで、人らしいものの姿は見えなかった。彼は祠の裏へも廻《まわ》って見た。しかしそこにも見えない。彼はそこらに匿《かく》れるようなところは別にありえないことを知っていたので、だんだん不安に感じられて来た。彼が娘の姿を見失ったのはほんとに一瞬間のことであった。娘が源兵衛稲荷の角を曲るのを見た。そしてそれから遅くとも二分間後には彼もその曲り角のところまで来ていた。しかしその時すでに娘の姿は見えなかったのである。

彼は狐につままれたような顔をしてぼんやりとそこに立っていた。

その時突然、

「助けて……、人殺しッ」

という女の声が山番の耳を貫いた。それはたしかに娘の声に違いなかったので、彼ははっとびっくりした。彼は我が子可愛さに慌てて駆け出したが、さてどこへ行っていいものか判らなかった。何だか地の底からでもあったようだし池の中からでもあったように思えた。彼はてっきり池の中だと考えた。

「お米!!　お米!!」

と父親は池の畔をぐるぐると走りながら、気違いのように叫んだ。しかし静かな池の中から何の声も聞えてこない。

「河獺の野郎、畜生、河獺の畜生!! 娘を返せ」

と、山番は夢中になって叫んでいたが、ふとこんなことをしている場合じゃないと気がついた。そう気がつくと彼は一散に駆け出した。

幸い一番近くの家の戸を叩《たた》くとすぐ起きて出てくれた。そして彼の話を聞くと、

「よしッ」と叫びながら血気盛りの息子が跳び出して来た。そこへ無尽の帰りらしい五六人連れがやって来て、彼らも山番の話を聞くと同情と好奇心とで一緒に娘を捜してくれることを諾した。

多人数となると気が強くなる。彼らは各々《めいめい》にお米の名を呼びながら提灯《ちょうちん》を振り廻した。そんなことをしているところへ誰《たれ》が知らせたものか夜の晩《おそ》いのにもかかわらずだんだん人が集まって来た。中には炬火《たいまつ》を用意して来た気の利《き》いたものもいた。

「そんなことをしていたってとても駄目だ、舟を出すんだ舟を」と誰かが叫んだ。

「私もその中にいて見ていましたが、そりゃ凄《すご》いようでしたよ。岸に立っている人々は皆、舟と一緒に動いている炬火の影と一心になって見詰めているんです。そうなると誰も口を利くものなんかありませんね、何か報告《しらせ》が起こるのを今か今かと待っているんです。人間て妙なもので、報告があれば碌《ろく》なことはない、たいてい死骸《しがい》が見つかった時に違いないと

は思いながらも、その報告を今か今かと待遠がっているんですね。しかしその夜はとうとう死骸は上がりませんでした。見つかったのは夜の引明け頃で、お日様が上がると同時《いっしょ》に棒杭《ぼうぐい》に引き懸かっているのが発見されたんです。

山番の重助さんの悲しみは、それは見ていても気の毒でなりませんでしたが、それより恐ろしかったのは、お米さんがまた溺死《できし》じゃなくて絞め殺されていたということが判った時です。こうなると河獺説がだんだん勝を占めるのも無理はありません。かく言う私もその時ばかりは迷わされましたね。お上の方でも余り度々の事件なので、一時大増員をやって捜索に熱中していました。しかしそれは結句何にもならなかったんです。ええ事件の真相は判ることは判りました。しかしそれは警察の力ではなく、放って置いても自然に判るようになっていたんですね。これからそのわけをお話し致しましょう。しかしまあその前に一服させて下さい」

四、久作老人の話

「お米という娘がなくなってから、源兵衛池の畔に時々怪しい者が出没するようになりました。正体は何だか判らないんですが、闇の夜などにその四辺《あたり》を通ると、わけもなく怪しい者が跳びかかって来るんです。二三日後には池の近くの家《うち》まで襲って来るようになりました。襲われた人々の話によると、人間だか猿だか判らないような怪物だというんです。この噂のために一時夜の往来は杜絶《とだ》えてしまって、どこの家でも安心のならない夜を過ごしたものです。ところがたしかに三月の十一日の夜だったと思います。お米がなくなってから五日目の夜でした、その怪物がとうとう張込んでいた刑事のために捕えられてしまいました。その正体を聞くと驚くじゃありませんか、平藤の長男の宗太郎だったんです。そら、前にも、お蔦さんの兄が継母《ままはは》に苛《いじ》め出されたと言っておいたでしょう。その兄の宗太郎だったんです」

「へへえ」と私は思わず口を入れた。「それがまたどうしてそんなことになったんです。そいつが三人の女を殺したんですか」

「いや、皆というわけじゃないんです。まあ追々と話しますから黙って聞いていて下さい。宗太郎というのは小さい時に家出をしましたが、五六年も方々を徘徊《うろつ》いている間に、とうとう一人前の無頼漢《ならずもの》になってしまいました。そして些細《ささい》なことから人を殺したというので、十二年という長い刑を科せられたんです。ところがまだ若い者のことですから、そんな長い刑の無事に勤まる筈《はず》がありません。とうとう監獄を破って逃げ出して来たんです。ところが出たは出たものの行くところがありませんから、止むなく幾年ぶりかに生まれ故郷へ帰って来ました。しかし故郷《くに》へ帰ったとてそんな体ですから行くところのないのは当然でさあね。結句仕方なしに肉親の妹にだけそっと会ってわけを話すことにしたんです。ところがお蔦さんの方では前にも言ったような事情で、肉親というものに餓《かつ》えていたところですから、もうわけもなく兄の言うことを聞いてしまったんです。宗太郎は幸いにも適当な匿場《かくれば》を知っていました。それが即ち源兵衛池なんです。私などもよく幼い時に、源兵衛池の横には抜け穴があるという話を聞いていましたが、そんなものが実際に在るものだとは誰も思ってはいなかったんです。ところがそれを宗太郎は知っていたんです。大方家出をする前に何かの拍子で知ったのでしょう。その抜け穴というのは源兵衛稲荷の祠の中から続いていて、一方の口は源兵衛池の崖《がけ》の真ん中頃に開いているんです。それが実にうまくできていて、すぐ側まで行っても穴だなんて気がつかないようにできていました。宗太郎はしばらくそこに匿れることにしました。そして食物《たべもの》はお蔦さんが毎晩運んで行くことにしたんです。無論二人が一生懸命になってやっていた仕事なんですが、実に巧《うま》くやっていたもので、殆《ほと》んど半年にも近い間を誰《たれ》もそんなことには気がつかなかったんです。ところがここに二人だけその事実を知った者がありました。その一人《いちにん》が妙念なんです。妙念は隣村まで托鉢《たくはつ》に出かけて夜遅く源兵衛池の側を通るようなことが度々ありましたので、ふとした機会から何もかも知ってしまったんですね。ところが何しろ血の気の多い若い者のことですし、それにあの子は幼《ちい》さい時から至って感情に走りやすい子でしたので、事情を打ち開けられるとかえってすっかり同情してしまったんですね。それでお蔦さんの方の都合の悪い時は自分が代って食物を持って行ってやろうというようなことにまでなったんです。

しかし、妙念の方は男ですしそれに出家のことですから、夜晩くあんなところを歩いていても別に誰も何とも思やあしません。しかしお蔦さんの方は何しろ女のことですし、それに今まで素直《おとな》しいで通っていたんですからたちまち変な噂が立てられるようになったんですね。ところがもう一人のこの秘密を知っている者というのが即ちお米だったんです。お米のような女が長い間何も喋《しゃべ》らなかったというのはちょっと不思議に思われますが、あの女が口外しなかったにはある理由《わけ》があるんです。というのはお米は予《かね》てから妙念に気があったんですね。そこでよく妙念が知っていたもんですから、いい加減なことを言いながら女の口を閉じさせていたんです。

ところがこんなことをしている間にお蔦さんが亡くなった。そして妙念は和尚の監視が厳重なので一室《ひとま》から出られなくなってしまいました。こうなると宗太郎のところへ食物を持って行くことの出来る者はお米だけなんです。そこで妙念はまたいい加減なことを言って女を喜ばせておいて、さてこの厭《いや》な仕事を承知させてしまいました。勿論《もちろん》お米だってこんなことは厭であったに違いありませんが、その時分競争者のお蔦さんも亡くなって段々妙念が自分のものになりそうに思えたので、精々男の機嫌をとる心算《つもり》で厭な仕事も引き受けたというわけなんです。

ところがまた一方宗太郎の方です。宗太郎だってまだ若いんですし、それに半年ほども仙人のような生活をしているんです。そこへ若い美しい女が親切にしてくれる、変な気を起こさないわけにはゆきませんやね。その結果とうとう女が自分の意のままにならないというので殺してしまったんです。これがこの男の破滅の原《もと》になったんですね。素直しくさえしてまた時期《おり》を見て逃げ出せば安全だったんでしょうのに、なまなかそんな気を起こしたために、食う物にも困らなければならなくなってしまった。その結果禁制の世の中へ暴れ出して来て、とうとうつかまえられるようなことになってしまったんですね。しかしまあそれでいいんですが、世の中ってうまく出来上がったものです」

「しかしお蔦という娘やその継母は一体誰に殺されたんです」

「ああ、それですか、それはこうです。お福はあまり村の評判が八ヶ間敷《やかまし》いので、ある晩そっと娘の後をつけて行ったんです。そして娘が源兵衛池に向って何か相図《あいず》をしているのを見たものですから、すぐに追い着いて娘を捕えました。そして二言三言言い争っている間に日頃から憎い憎いと思っていたものですから、つい手が廻《まわ》って娘を絞め殺してしまったんですね。勿論娘の息が絶えた時は驚いたには違いありませんが、根が大胆な女ですから娘の死骸を池の中へ突き落としておいて知らぬ顔の半兵衛を極《き》め込んでいたんですね。ところがうまい工合に人々はそれを河獺の為態《しわざ》に違いないと信じてしまったようなので、内々会心の笑みを洩《もら》していました。ところが悪いことは出来ないもので、誰《たれ》知るまいと思っていたことを、全部妙念が見ていたんです。妙念はその翌日食物を持って行った時、宗太郎に委細の話を致しました。これで宗太郎が憤《おこ》らないはずはありません。そこでとうとう前にも言ったように、お蔦さんの初七日の夜に忍び込んで継母を殺してしまったんです」

そう言って久作老人は語《ことば》を切った。

「実に不思議な話ですね」と私はしばらくしてから言った。

「しかし宗太郎という人が破獄したということが判ってるんですから、お蔦さんという娘の不思議な行為については少しぐらい想像のつきそうなものですね」と私は言った。

「それが判ってなかったんです。というのは、宗太郎は家出をしてからはけっして平藤という名を用いなかったし、それに生国も絶対に口外しなかったのだそうです。ですから破獄した当時も、こんなふうの破獄囚がこちらへ入り込んで来たらしいということをちょっと知らせて来ただけで、特別な注意は払おうとはしなかったんです。私達にしてもそれがよもや宗太郎だなんて夢にも想像していなかったことなんです」

「なるほど、それでその男はその後どうなりました」

「何しろ二人も殺しているんですし、それに前科もあったことなんですから、生きておれば軽くても終身くらいはやられたに違いありませんが、未決にいる間に気が狂って自殺をしてしまいました。親も白痴同様ですし、息子はそんな有様なんですからそれも何かの悪業だったんでしょうね。妙念ですが、あれはかえってこの事件のお蔭《かげ》でますます身を堅めまして、今では立派な知識になっております。その後師の坊の名跡をついで観渓と改めましたが、今では××寺におります」

私は新聞などでよく見るあの観渓上人が久作老人の甥であることをその時始めて知ったのである。

艶書《えんしょ》御要心

雑誌記者の水谷三千男は、何とも世の中がやるせなくて仕様がないのです。判で押したように、朝の十時に出勤し、夕方の四時には退《ひ》けて帰る雑誌社の仕事も、もう三年越しにもなれば、馴《な》れっこになって、何の苦痛もない代りに、また何の感激もないのは無理もありません。

そこへ持って来て、初めの間は、あんなに魅力を持っていた下宿生活というものが、この頃ではほとほと味気ないものの第一に感じられるのです。朝出る時に、つい寝坊をするものですから、敷っ放しにして行く寝床が、夕方帰って来た時にも、そのままの形で投げ出されているのを見ると、殆《ほとん》ど彼は、世の中が灰色に見えてくるのでした。おまけにその敷布と来ては、無精にかまけてつい洗濯にも出さないものですから、いつも鼠色に垢染《あかじ》んでいますし、寝間着といえばぷんと、それが独身者臭とでもいうのでしょうか、汗臭い匂いを持っているのです。そう大して奇麗好きでない水谷三千男も、さすがに眉《まゆ》を顰《ひそ》めないではおられません。

「ああ、厭《いや》だ！　厭だ！」

ごろりと四畳半のまん中に寝転んだ彼は、吐き出すようにそう言って、憎々しげに部屋の中を見廻《みまわ》します。

部屋の一方には、下宿屋特有の、奥行の浅い半間の床がついていますが、そこには雑誌の古いのや、原稿紙の書き屑や、それ一本だけの洋傘や、それから友達から借りているマンドリンやら、およそとりとめもなく、ごたごたと並べ立ててあります。その反対の側の壁には、かなりくたくたになった洋服が一揃えと、襟垢がみじめに光っている一枚の白がすりの着物と、錦紗《きんしゃ》は錦紗だがかなり時代物らしい帯が一筋と都合これだけの物が無造作に釘《くぎ》に引っかけてあります。そして垢染んだ夜具の一揃えを除いては、これだけの物が、彼の持ち物の全部なのでした。

それにしても、と彼は考えるのです。俺の収入は何やかやを合せると、毎月必ず九十円くらいはある筈《はず》だ、一体俺くらいの年頃の男の生活費は、どれくらいが相当なのだろう、現に同じ雑誌社に勤めている某《なにがし》という男は、俺よりもずっと少ない月給を貰《もら》っていながら、可愛い女房を持ち、二階借りながら、きちんとした生活を営んでいる、おまけに彼の話によると、月々いくらかの貯金さえしているということだ、それだのに、彼よりは多くの収入を持っているこの俺は、しかも独身でありながら、何ゆえにこうも、毎月毎月に不足するのだろう、成程そういえば、――、となおも彼は考えるのです。いつか安官吏の許《もと》へ嫁いでいる姉のおりんがいったことですが、

「しかし、三《み》イちゃん、世の中ってそんなものじゃなくってよ。譬《たと》えにもいうじゃありま

せんか、一人の口はすすげなくても、二人の口はすすげるって。あなたみたいに、毎月社の帰りに、そらコーヒーだの、そらソーダ水だの、――だからお小遣いの足りないのも無理はないわ。それに着る物だってそうよ。手がないものだから、つい破れたり汚れたり、つまり二度と手が通せなくなるまで着抜いては、ぽいと捨《す》てしまうでしょう。着物ってそんなものじゃなくってよ。大事に気をつけてさえおれば十年くらいは大丈夫なものよ」

「――で、どうしたらよいというのです」

「どうしたらって、だからさ、早く好い女《ひと》を見つけて結婚なさるんですよ」

ああ、好い女《ひと》！　好い女《ひと》！　と水谷三千男は、汚ない天井と睨《にら》めっこをしながら、考えるのでした。

それにしても好い女《ひと》というものは、何と見つけるに骨が折れるものでしょうか。姉にいわれるまでもなく彼とても二十五歳の青年です。恋人のほしいのは三年も四年も前からのことです。

それでいて、まだ拵《こしら》えることの出来ないのは「ああ、ああ、俺みたいに心の臆病《おくびょう》なものには、結局恋人なんて出来ないのじゃないかしら」

と歎《たん》じている、彼の言葉の通りに違いありません。

そこで彼は毎日、下宿の汚い天井に向って溜息《ためいき》を吐きながら、

優しい心を持ちながら、

恋がない、ああ恋がない。

と、それは彼の一番好きなさる小説家の、さる小説の中に出て来る文句なのですが、その詩とも何とも訳の分からぬ文句に、出鱈目《でたらめ》の節をつけては口ずさんでいるのでした。

◇

その同じ下宿屋に本田準一という男がいました。この男はいったい何を職業としているのか時々原稿紙にへんな感想めいたものを書き連ねては、方々の雑誌社や本屋へ持ち込んでいるようですが、まだ彼のものが活字になったということを聞きません。

この男と水谷三千男とはいつの頃からか、かなり懇意に往来するようになっていました。もっとも往来するといっても、水谷三千男の方から相手を訪ねるようなことは滅多になく、たいていは、彼の月給日時分を狙っては、本田準一の方から彼の部屋を訪ねるのでした。

「や、今晩は」

と、ひげのない夷様《えびすさま》のような顔を、不気味ににたにたさせながら、がらりと障子を開くのです。

「如何《いかが》です。月給が手に這入《はい》ったら、どこかまたおごりませんか」

とおよそそういった調子でした。

その本田準一が、珍しく、水谷三千男の小遣いの不足している時分にやって来て、さて

彼の話すのに、

「――実はあんたの智恵《ちえ》を借りたいと思ってやって来たんですよ。へんな話ですが、まあ聞いてやって下さい。私の友人なんですがね、可哀そうだから名前だけは勘忍してやって下さい。先生近頃よほどどうかしているんですよ。というのは、今朝ほどやって来て、私に頼むようにいったんですが、つまりこうなんです。二三日前M町に夜店があったでしょう？　その夜店の雑沓《ざっとう》の中で、先生八人の女の手を握り、十四人の女の袂《たもと》の中へ名刺を放り込んだというのです。ところが八人目の女に至って初めて反響があったんだそうです。その女はバナナの競売《せりうり》を買っていたそうですがね、先生に手を握られると、真紅《まっか》になりながらも、振離そうとはしずに、かえってそうっと握り返して来たんですって。そこで先生しめたとばかりに、もう一度ぎゅっと握り返しておいて、さてすたすたと歩き出したんです。みると十分意味は通じたとみえて、女はそわそわとした足どりで後からついて来ます。やがて、横丁へ曲ってくらがりまで来ると、二人は肩を並べて歩きだしたんです。側でよくみると、女は思っていたよりずっと美人なんですって。下ぶくれな顔立ちで、眼《め》に色気があって、それでいて十分に処女らしいんです。あらい朝顔模様の浴衣《ゆかた》を着ていて、胸にバナナをしっかりかかえています。このバナナが一寸《ちょっと》邪魔っけですが、とに角、うつ向き加減に足を運ばせながら、半歩ほど背後《うしろ》から彼について来るんです。先生有頂天になっちまいました。こういうと、いかにも彼が不良青年のように聞えますが、もっともそんな大それたことをやるからには、まさか善良とはいえますますまいけれど、先生なかなかどうして、気の小さい臆病な男なんです。だから、そんなうまい手順になりながら、その晩は二言三言、ぎこちない会話を交したきりで別れたんだそうです。もっとも別れ際に、明晩八時きっかりにM神社の裏門の所であおうと約束はしたそうですが。ところでその翌晩、即ち昨夜のことです。先生ちょっとした手違いから、約束の時間より十分ほど遅れたんです。そのためか、初めからやっては来なかったのか、いくら待っても女の姿は見えません。結局待ち呆《ぼう》けをくって帰ったんですが、ところが今朝のことです。思いがけなくその女から手紙が来たんです。

あんなに念を押しておいたのに、昨夜はとうとうお見えになりませんでしたのねえ。男の方ってそんなものでしょうか。あたしの方ではすっかり真剣になっておりましたのに。お恨みに思います。

とそんな意味のことが書いてあるんです。それを読むと先生急に残念になって来ました。初めて彼女の手を握った時よりも、或《あるい》は昨夜待ち呆けをくった時よりも、ずっとずっとその女が恋しくなって来たんです。ところが残念なことには女の所がよく分らないんです。手紙にも書いてありません。浴衣がけで、娘一人夜店へ来るぐらいだから、そんなに遠い所の女であるはずがない。そう思って彼は、今朝ほど、女と別れた辻《つじ》を中心として、五町ほど周囲の町を、片っ端から塵箱《ちりばこ》を検査してあるいたんだそうです。というのは、あの晩女の買って帰ったバナナからして、或いはバナナの皮が手引をしてくれないものでもないと思ったからです。ちょっと面白い考えですが、結果からいうと、検査が不十分だったせいか、とうとう分らなかったそうです。こうなると先生、いよいよもって、もう一度あの女に会いたくて仕様がないんです。彼のいうには『彼女さえ承知してくれるなら、僕は女房を（いい忘れましたが先生女房持ちなんです。女房持ちのくせにそんなことをやるんだから呆《あき》れた奴です）追い出してもよいとさえ思っているんだ。どうかしてその女を探し出してくれ給え。お礼は十分するよ』とこういうんです。先生銅版職工としてちょっと好《い》い腕を持っているので、収入はかなりたっぷりあるらしいんですが、どうでしょう水谷さん、彼のために片肌脱ぎませんか」

「片肌脱ぐって？」

「つまりその女を探し出すんですよ。僕はいっておきました。俺は駄目だが、俺の知っている人に、水谷三千男といって、探偵小説を読んだり書いたりしている人がいるが、その人なら、そんなことお手のものだろうって」

「馬鹿な！　そんな馬鹿なことが――」

結局その話はそれぎりになりましたが、それ以来というものは、水谷三千男は大いに考えさせられました。一晩に八人もの女の手を握ったり、十四人もの女の袂《たもと》に名刺を投げ込んだり、それでいて少しもぼろを出さないとは、女というものは、そんなに甘いものかしら？　そういえば、電車の中などで女の手を握って成功した話などを、得意になってやっている男があるが、自分は今まで自己一流のひがみから、そんな話を大てい出鱈目か、ほらのように考えていたが、まんざらそうじゃなかったんだな、そうだとすると、俺という男は、世にも意気地なくでき上っている人間だ、だからこそ、恋人のできないのも無理のないわけだ、などなどと彼は大いに煩悶《はんもん》し始めたのでした。

◇

それによって心機一転したとでもいうのでしょうか、水谷三千男はとうとう決心いたしました。といっても、彼のことですから、まさかに、女の手を握るような直接行動はとても、とれそうにないのです。で、もう一つの、つまり袂の中に名刺を放り込むという方を、実行することにしたのです。ところで、名刺といっても、まさかに自分の本名を印刷したものは、とても気がさして使えそうにないのです。そこで種々と考えた末、一つの名案を案出しました。というのは、一つの変名を拵《こしら》えて、それをさる友人の家に同居しているということにするのでした。もし反響があって、手紙が来るようなことがあれば、その友人の所から転送してもらう。もし握りつぶしにあったとしても、自分の名前でない名刺だったら、そう恥をさらさずに済む、と、そんなふうにずるいことを考えたのでした。

さて、そうした名刺が出来上ると、いよいよ彼はその実行に移りました。その実行に移ってみてつくづくと彼が感じたことですが、何と世の中の女は油断だらけなのでしょう。まるですべての女が、艶書《えんしょ》を投げ込ませるために、両の袂を広げて待ち受けているかのようにさえ感じられるのでした。実際、大胆にさえやれば、機会は至る所に転がっていました。しかも水谷三千男の場合には、少しもびくびくする必要はないのです。ちょうどある種の人間が、匿名の場合には、別人かと思われるほど、大胆な毒舌を振うのと同じように、彼もまた、違った名前の名刺の蔭《かげ》にかくれて、遺憾なく大胆に振舞えるのでした。

そうした一週間が過ぎました。

そして水谷三千男は、およそどのくらいの名刺を使ったことでしょう。彼はようやくまた昔の憂鬱《ゆううつ》に還りかけました。世の中の女たちは、やっぱり彼が考えていたほど甘いものではないのでした。およそ百枚に近い名刺を使い尽してしまったのに、しかも彼のもとには、まだ一通すら、彼を慰めるに足る手紙が舞い込んで来ないのです。

「やっぱり駄目かな。そうだろうな、実際今時、こんな方法は時世遅れだからな。間が抜けているからな」

ところが、どうしてどうして、彼がそう悲観して、こんな馬鹿馬鹿しいこと、いい加減によそうと考えていた時でした、ふいに、世にも幸運が彼のもとに舞い下って来たのです。

というのはこうです。

ある日、例によって雑誌社から、重い心を引き摺《ず》りながら下宿へ帰って来た彼は、そこに思いがけなく、見も知らぬ筆跡の手紙が一通、彼を待ち受けているのを発見したのです。何とそれが桃色の封筒なのです。

彼がどんなに周章狼狽《ろうばい》したことか、どんなに胸をときめかせながら読んだことか、そういうことはくだくだしくなるから省略するとして、さてその文面に曰《いわ》く、

お懐かしき水谷様、

あなた様は多分あたしをご存じではございますまい。あたしの方では、しかしずっと昔からあなた様のことをよく存じております。一度親しくお目にかかってよくお話いたしたいと存じますが、お聞き届け下さるでしょうか。もしお聞き届け下さるのでしたら、来る金曜日の夜、M町のキネマ倶楽部《くらぶ》の二階へお越しくださいませ。必ず必ずこの哀れな乙女を失望させぬように、くれぐれもお願いいたします。かしこ。

照子

無論水谷三千男は、一も二もなくその手紙の通りにしようと決心したのでした。

しかし考えてみるとその手紙にはかなり変なところがあります。第一それは、彼の最近の冒険に対してあった反響であるのか、それにしては、宛名、所書《ところがき》が、名刺と違ってちゃんと、彼の本当のものになっているのです。と、してみると、その女は、彼の最近の、そんな変てこな行動にはかけかまいなしに、本当に相手から恋しているのであろうか、そう

だとすると、おお！　何とまあ素敵なことだろうと、彼は心中大いに快哉《かいさい》を叫んだのであります。

◇

さて約束の金曜日の夜は、早くから彼はキネマ倶楽部の二階に陣取っていました。その時の写真というのは、二本とも彼が一度見たことのあるものなので、勢い彼の注意は、そうでなくても四方へちりがちなのに、いよいよ以《もっ》て写真には向けられないのでした。

金曜日といえば写真の変り目であるはずだのに、場内はいたって閑散でした。二階から見下すと、自由席などにも、ぽつりぽつりと所々穴があいています。映画常設館としては、かなりみじめな状態に違いありません。

しかし水谷三千男は、今のところそんなことを考える暇もありません。彼の心臓は、絶え間なく、ゴトンゴトンと歯車を刻むような音を立てています。それはもう息苦しくされ感じられるほどでした。

それにしても女は何故にこんなに遅いのだろう、時間をはっきり極《き》めてなかったから、文句をいうすべもないが、もうそろそろ出て来てもよかりそうなものだ、いやいや、ひょっとすると、すでに自分の周囲にいるのではなかろうかな、いくら何といっても、女のことだから、恥かしさのあまり声をかけることを躊躇《ちゅうちょ》しているのじゃないかな。水谷三千男はそこできょろきょろと辺りを見廻しました。

が、その時彼は、思わずはっとするようなものをそこに見たのです。

「や！」

思わず彼はそう叫ぶところでした。

というのは彼の背後の方の席に、あの本田準一が腰をかけていたのでしたが、彼が振り返った瞬間、あわてて顔を外《そ》らせると、挨拶《あいさつ》もせずに、そそくさと廊下の外へ出て行ったのです。思いがけなく彼がそこにいるというさえあるに、そんな態度――、水谷三千男はたちまち彼一流の邪推を逞《たくま》しゅうしたのでした。

「畜生！　あいつだ。あいつだ。あいつの悪戯《いたずら》なんだ」

彼の蒼白《あおじろ》い頰は、急にかっと血の気を帯びて来ました。

「悪戯にも程がある。人の心を傷つけるような悪戯をするとは何ということだ」

彼は憤然として椅子から立ち上がると、本田準一の後を追って廊下へ出て行きました。

本田準一は、喫茶室の中で冷しコーヒを啜《すす》っていましたが、彼の姿を見ると、何だかばつが悪そうににたりと笑いました。

「君かい？　君だろう、あんな悪戯をしたのは」

水谷三千男は嚙《か》みつくようにこう怒鳴りつけました。

「冗談もいい加減にし給え。人間にはしていい悪戯と、してはならない悪戯とがあるよ。

君だってそれくらいのことは知っているだろう。人の心を傷つけるような冗談は止し給え。君自身何の気なしにやっているのだろうが、それが相手にどんな影響を及すか、君はよく考えてみたことがあるかい？」

かさにかかって彼がそう喋《しゃべ》っている間、相手の本田準一は、ただもうぼんやりとして聞いていましたが、彼の言葉の途切れたのに、やっと正気に還《かえ》ったように、

「一体君は何のことを言ってるんだい。何か僕が、君に対してすまないことでもしたようないい方じゃないか」

と根が正直者の本田準一は心配そうに言いました。

「すむもすまぬもあるものか。へんな偽のラヴ・レターを寄越したりしてさ」

「え？　ラヴ・レター？」

本田準一はびっくりしてそう聞き返しましたが、ふと思いついたように、懐から何やら取り出して見せました。

「君、君の言うのはこれじゃない？」

水谷三千男は何の気なしにそれを取り上げてみましたが、何と驚いたことには、それは彼の受け取った手紙と寸分違《たが》わぬものでした。違っている点といえば、宛名のお懐かしき水谷様が、お懐かしき本田様と変っているのと、照子という差出人の名が、こちらでは鈴子となっているのと、たったそれきりの差なのです。

「俺も実は――」と本田準一もさすがに顔を赤らめながら言うのです、「このラヴ・レターに釣られてやって来たんだが――。無論鈴子なんて一度も聞いたことのない名前なんだよ」

いったいまあこれはどうしたわけでありましょう。二人は顔を見合せて、へんにそぐわない笑い方で、その場をごまかしてしまうよりほか仕様がないのでした。

◇

それから、一週間ほど後のことであります。

寝床の中で新聞をみていた水谷三千男は、思わずはっとするような記事をそこに発見いたしました。

艶書御要心

はやらぬ常設館の館主が、客を釣るためにラヴ・レターを撒散《まきち》らす。うまうま釣られた青年達、五十銭の入場料を散財す。

およそそういった意味の記事がありました。しかし悲しき水谷三千男は、それを終りまで読んだわけではありません、ほんのちょっぴりそれを読んだ彼は、わっと思わず、何ともわけの分からぬ叫声を発したかと思うと、その新聞を傍《かたわら》へ投げ出してしまいました。

そしておよそ一時間あまりも――とうとう雑誌社の方は休むことにしたのです、――じっと天井を見つめていましたが、やがてほっと溜息《ためいき》を吐くと、小さい声で呟《つぶや》いたのであります。

優しい心を持ちながら、

恋がない、ああ恋がない――

素敵なステッキの話

本田準《じゅん》は船乗をしている叔父《おじ》からステッキを貰《もら》った。飛切り上等というのではなかったが、でも内地で買えば十二三円はする物に違いなかった。

彼はつい一年ほど前までは、神戸で薬屋をしていたのだが、ふとしたことから東京へ遊びに来て、そのまま今の雑誌社H——館へもぐり込んだのだった。

したがって東京で叔父に会うのは、その時が初めてだった。

「横浜へ船が入ったものだからね」

そう言って思いがけなく、ひょっこり下宿へ訪ねて来た時、叔父の手にはそのステッキが握られていた。

「どうだ、どこかで飯でも食わないか」

叔父は上がりもしないでそう言った。

「ええ、お供しましょう」

二人は銀座へ出て牛屋へ上がった。

二人とも飲める筋だったので、すぐ酔っ払ってしまった。飲むとすぐ唄《うた》い出す本田準だった。

「お前とこんなに飲むのは初めてだな」

「そうですね、叔父さんがこんなにお飲みになるとは知りませんでした」

「馬鹿言え、俺だってお前の親父の弟じゃないか」

事実本田準が叔父と酒を飲むのは、それが初めてのことだった。

同じ神戸に家を持っていた時も、外国航路に乗り込んでいる叔父が帰って来るのは、年に二度か三度しかなかった。それもせいぜい三日位しか落ち着いていなかった。それに本田準の性質として、親類というやつは、どんな親類でも苦手だった。だからたまに叔父が帰って来ても、滅多に顔を合わすようなことはなかった。

叔父は酔うと何でもくれたがる性質《たち》と見えて、身に付いているものを片ッ端からやろうと言い出した。

最初まず小遣いとして五円くれた。それから金のペンシルをくれた。それからまた時計をやろうと言い出して聞かなかった。それだけはしかし、さすがの本田準も固く断った。それを宥《なだ》めるのに一苦労しなければならなかった。

「そうかい、そんなに遠慮するのなら仕方がないが、しかしまあ、旅の空にいるようなものだから、お前もさぞ不自由だろう。欲しいものがあったら何でも言いな」

叔父は上機嫌だった。

横浜へ帰らなければならない時間が来たので、二人は牛屋を出た。玄関で叔父が靴の紐《ひも》を結んでいる時、本田準は何気なくステッキを取り上げた。

「いいステッキですね」

「うう」

叔父は下から見上げながら、

「ナーニ、大したものじゃないが、内地で買うと、それでも相当するだろう、欲しけりゃやろうか」

本田準もステッキだけはほんとうに欲しいと思った。

「戴《いただ》きたいですね、是非」

「じゃ、やろう、持って行きな」

そこで本田準は、そのステッキを突きながら、叔父を新橋まで送って行った。

本田準の雑誌社における仕事というのは、そう大して難しいことでもなかった。

彼はたいてい朝の十一時頃に出勤すると、手紙を五六本書き、それから原稿を二三篇読んで、いいと思ったやつは工場へ廻《まわ》す、ただそれだけの仕事だった。退《ひ》け時刻の四時になると、誰よりも一番に飛び出すのは彼だった。

夜になると、ひどい暴風雨《あらし》でもないかぎり、きまって神楽坂《かぐらざか》へ散歩に出かけた。そういう時、彼の良いお供をしてくれるのは、叔父から貰ったステッキであった。

「なあに、雑誌なんてものは、こうして怠けている方がいいんだよ。プランというやつは、考えたからって出て来るものじゃないからね、俺なんか、怠けているように見えるが、これで、しょっちゅう雑誌のことを考えているんだぜ」

それはまんざら嘘でもなかった。

こう四六時中《しょっちゅう》、雑誌のことで頭を占領されていちゃたまらないなと思うことがあった。もっともそれはたいてい、何か煩悶《はんもん》のある時にきまって起るヒステリー的現象であって、その他の場合、概して彼は幸福だった。

ただ彼の一番困るのは訪問だった。

家の中の仕事なら、人の何倍でもやれるという自信は充分あったが、外交となると、彼はからきし駄目だった。もっとも先輩の恩恵で、彼はただ編輯《へんしゅう》の方さえ見ればいいという位置に置かれてあったが、それでも一つの雑誌に携わっている以上、ときどき人手のない時は彼自身訪問の方もしなければならなかった。

そういう場合、彼はすっかり参ってしまった。ただそれだけで、雑誌社なんか止《よ》そうかと考えることとすらあるくらいだった。

そういう彼が、ある日どうしても小説家のAを訪問しなければならなくなった。

Aは最近、小説家としてよりも、むしろ思想家としての仕事に、より多くの功労を挙げているような人物だったので、それだけに、たいへん気難しい男だという評判だった。機嫌の悪い時など、雑誌記者なんか、抓《つま》み出しかねまじい勢いだという噂を、本田準も何かのゴシップで読んだことがあった。

この訪問はすっかり彼を参らせた。彼は三日もそれがために憂鬱《ゆううつ》になったぐらいだった。しかもその結果はというと、彼のおそれていた通り、まんまと失敗に終った。彼はすっかり、Aを憤《おこ》らせてしまった。まさか抓み出されはしなかったけれど、それはただ、彼が抓み出される前に、いい潮時を見て逃げ出したからにすぎなかった。Aの家の玄関から、蒼惶《そうこう》として逃げ出して、省線電車に乗って、初めてほっとした時、本田準はふとステッキを忘れて来たことに気がついた。叔父から貰ったあのステッキである。

しまったと思ったけれど、もう遅かった。二度と再び、Aの閾《しきい》を跨《また》ぐ気には、どうしても彼にはなれなかった。ステッキも惜しかったけれど、それ以上にAの方が恐ろしかった。

彼はAを呪うと同時に、訪問を心から呪った。


それから二週間ほど後のこと、彼は懇意な間柄である小説家のBと一緒に銀座を散歩していた。Bは最近「女と猫」という小説を書いて、一躍文壇に乗り出した男である。本田準とはそれ以前からの馴染《なじ》みであったが、二人の年は八つも違っていた。無論Bの方が上だった。

ライオンの前まで来た時、二人はパッタリとCに出逢《であ》った。彼も同じく、最近売り出したばかりの新進の小説家だった。Cの出世作は、「男と犬」という題だった。

「やあ！」

「やあ！」

Cは快活にステッキを挙げて挨拶《あいさつ》した。

「どうしている？」

「なあに、相変わらずさ」

「書けるかい？」

「どうして、どうして」

それから二言三言押問答があった後、彼らは打ち連立ってライオンへ這入《はい》った。

「君は本田君を知っていたかね、Sをやっているんだが」

テーブルへついた時Bがそう言った。

「いや、初めてだ」

Cは椅子から半分腰を浮かせながら、

「お名前はかねがね承っております、僕Cです。どうぞよろしく」

と割合に丁寧《ていねい》に挨拶をした。

本田準は、口の中でもごもご言いながら、無器用に頭を下げた。

「君の『腕くらべ』を読んだよ」

麦酒《ビール》が来た時、ふと思い出したようにBが言った。

「ありがとう、どうだね、感想は」

「あんまりよくないね。どうも僕は少し不自然だと思うね」

「そうかね、非難はもとより覚悟の前だが、不自然というのは少々思いがけない批評だね」

「不自然だよ。僕は『男と犬』には相当敬服したが、どうも今度の『腕くらべ』には参ったね。ああいうのは君――」

そしてそこに、麦酒が廻るに従って、いかにも小説家らしい、それも最近売り出したばかりの小説家らしい議論が始まった。

それは一方から言えば、熱と真剣さの溢《あふ》れたものであったけれど、また別の方から言えば、実に、何百人、或《ある》いは何千人かの文学愛好者によって、すでに議論しつくされた議論だった。

本田準は仕方なしに、黙って麦酒を飲んでいた。

「まあしかし――」

ひとしきり議論があった後、少し議論負けの形になったBはぐっと麦酒を飲み干すと、それによってこの問題に鳧《けり》をつけるべく、勢いを駆った。

「それはお互いの見方の相違だから、どんなに議論をしたって、どうせ堂々めぐりに過ぎないよ。まあ堅くるしい話はこれで止めようじゃないか」

「フン、それがまあ賢明な方法だね」

Cもすぐに機嫌を直して、コップを取り上げた。これで議論は終ったわけである。

「時に君は、なかなか気の利いたステッキを持っているじゃないか」

しばらくして、ふとCの持っているステッキに眼をつけたBは、それを奪うように手に取りながら言った。

「ウム、ちょっといいだろう」

本田準はそう言われて、初めてそのステッキを眺めたが、驚いたことには、それはたしかに、彼がAの家《うち》に忘れて来たものに違いなかった。

「ちょっと拝見」

Bの手から受け取って、よくよく見ると、間違いもなく彼のステッキだった。握りの裏に、三日月形の傷痕《きずあと》があるのが、彼の目印だった。

「どうしたんだい、買ったのかい？」

「どうもしやあしないよ、気に入ったらやろうか」

「おやおや、さてはどこかから、かっ払って来たな」

「人聞きの悪いことを言うなよ、なあにね、実はA先生のものなんだがね、この間僕んとこへ来た時忘れて行ったんだ。A先生のことだから、どうせ買ったものじゃなかろうがね」

やっぱり本田準の忘れて来た同じステッキに違いなかった。彼はそのことを言おうとしたが、その時Bが彼を遮って言った。

「すると、どうせ只《ただ》なんだから、貰ってもいいわけだね、僕はステッキを一本欲しいと思っていたところなんだ。じゃ遠慮なく僕のものにするがいいかい？」

「いいよ、いいよ」

話は至極簡単にすんだ。あまり簡単なので、本田準がくちばしを容《い》れるひまもなかった。彼は少々呆気《あつけ》にとられた形で、やけに麦酒を一杯ひっかけた。

それから一週間ほどしてから、彼はまたいやな訪問に出かけなければならなかった。今度はDという画家だった。同じいやな訪問なら、いっそのこと、実業家とか、政治家とかいったふうな、ひどく畑違いの方が、かえって彼には気易いように思えた。芸術家という種類は、どうにも彼には苦手だった。しかし彼にはそんな撰《え》りごのみをしているわけにはいかなかった。

Dの宅は目黒にあった。名前の有名な割合に貧弱な家だった。門を入ると、まず彼の嫌いな犬が、ヒステリックな声を張り上げて吠《ほ》えつけたので、彼はすぐにこの訪問の結果の、あまりよくないことを予想した。

彼が当惑しながら、シッ、シッと犬を追っていると、玄関のわきの庭の方から、むっくりと、色の黒い背の低い男が、どてらに懐手をしたまま出て来た。

「黒ッ、黒ッ」

その男が無精らしい声で二三度そう言うと、犬はすぐおとなしくなって、そのすそに頭をすりつけた。本田準は少なからず自尊心を傷つけられて、その犬にいっそうの不愉快を覚えた。

「先生はいらっしゃいますでしょうか？」

彼が慇懃《いんぎん》に腰をかがめながらそう言うと、

「先生？　ウン、Dなら俺《わし》じゃが」

その男はこちらを見もしないで、片足を挙げて犬の顎《あご》を掻《か》いてやりながらそう言った。

「アッ、そうですか」

本田準はさっきから、汗の出るほど握りしめていた名刺を前に差し出しながら、

「私、H――館から来たものですが」

と固くなって言った。

「ウン」

Dはその名刺を受け取るでもなく、そうかと言って、こちらを振り返るでもなく、相変わらず片足で犬の顎を掻いてやりながら、鼻の奥の方で返事をした。

本田準はたちまち名刺のやり場に困ってしまった。そういう場合、馴《な》れた男なら、何とか話の糸口を見つけるのだろうが、彼には金輪《こんりん》ざいそんなことはできなかった。彼は黙って、犬とDの足の運動を見詰めていた。ひどく世の中が心細くなって来た。

しばらくしてさすがにDも、その足の運動に疲れたのだろう。むっくりと此方《こちら》を向くと、

「や、まあ上がり給え。いや」

と本田準が彼の後について庭へ入ろうとするのを遮って「君は玄関から上がってくれ給え。玄関、分ってるだろう」

と言った。

本田準はそれだけでもう真赤になった。彼はあたふたと、玄関へ廻《まわ》ったが、靴を脱ごうとした時、たちまち、彼はお馴《な》染《じ》みのステッキを見つけた。

「おや！」

と彼は靴の紐《ひも》をとく手を止めて、そのステッキを引き寄せた。たしかに例のステッキに違いなかった。Bが来ているのかしら。そう思いながら玄関を眺めたが、Bのものらしい履物は見つからなかった。

しかしそれだけで本田準は大分気が軽くなった。

座敷へ入って行くと、Dはさっきのままの姿で、縁側に腰を下ろして敷島《しきしま》を吸っていた。本田準が改めて挨拶をすると、相手は黙って庭の方へ向って、心持ち頭を下げた。

「Bさんが来ていらっしゃるんですか」

本田準は今見たばかりのステッキを、取り敢《あ》えず問題にしようと決心した。

「いや」

と、少し吃《ども》り気味な言葉つきで、相手はただそう言っただけだった。体は相変わらず向うを向いたままだった。

「でも玄関にBさんのステッキがありますが」

そう言いながら、彼はまた、いかにもBを知っていることを吹聴《ふいちょう》しているように取られやしないかしらと内心恥しくなった。

「ウン、あれか」

そう言いながら相手は相変わらず敷島を吹かしていた。本田準はその次の言葉を待っていたが、なかなか出て来なかった。

「あれはたしかにBさんのステッキですが」

少しステッキに拘《こだわ》りすぎると思ったが、しかし彼には他の話の糸口を見つけることができなかったので、仕方なしにそう訊《たず》ねた。すると案の定、相手はさもうるさそうに、

「そうだ、Bのステッキだよ。しかし今は俺《わし》のものだ。この間俺《わし》のステッキと交換してやったんだからね」

と、例の、吃り気味の言葉で早口に喋《しゃべ》った。そして、あとは相変わらず、取りつく島も

ないほどに、向うを向いたまま敷島の煙を、盛んに上げていた。

それから約三週間ほどの後のことだった。

社にいると本田準はひどく快活で元気だった。訪問は下手だったけれど、訪問客を追い払うのには、彼は相当自信を持っていた。

その日彼は朝から四人の訪問客を受けたが、四人ともていよく原稿の売り込みをはねつけてしまった。そしてそのことにひどく満足していた。

「どこへ行っても、鬼のように邪慳《じゃけん》な編輯者《へんしゅう》がいて、原稿を読みもしないで突っ返すのだった」

かつては食うや食わずの文学青年だった男が、後に小説家として隆々たる名声を挙げた時、その当時の生活を題材として書いた小説の中に、そういう文句があったが、そういう時彼の頭の中にはいつもその文句が浮かび出した。しかもその文句を思い出して彼がいつも同情するのは、彼にはねつけられた原稿売込者ではなく、彼らをはねつけた彼自身に対してであった。

彼は何となく世の中のことが、逆《さかさま》だらけのような気がするのだった。

彼は四人目を送り出すと、すぐ五人目の客の方へ廻った。そしてまるで惰性のように、その五人目の客に対しても、朝から何回となく言って来たと同じ言葉を使っていた。

「どうも私の方には向かないような気がしましてね。面白いことは面白いんですけれど、何と言いますか、少し軽過ぎはしませんか。私の方は何しろ、これで相当権威を持って行きたいと思っていますので……」

レコードなら、もうとっくに使えなくなっているだろうほど何回となく使った言葉を以《も》って、彼はまたその五人目の客に応対していた。彼にはもう、自分の不誠実さを顧るほどの純真さもなくなっているらしかった。

五人目の客を送り出していると、そこへ見知り越しの詩人Eが訪ねて来た。

「やあ、いらっしゃい」

と元気よく彼が声をかけると、近眼のEはびっくりしたようにこちらを向いたが、

「あ、この間は失礼しました」

と、頭を下げるとバラリと前へたれる長髪を、左の手で押さえながら言った。

「御面会はどなた、Kさん？」

本田準はいかにも働き者らしい歯切れのいい調子で訊ねた。

「ええ、どうぞ」

Eは下駄《げた》を抜きながら、持っていたステッキを玄関番に渡した。

ふと見ると、それが驚いたことには、例のステッキに違いなかった。

「おや」

危《あや》うく彼にそう言うところだった。辛うじてその言葉を嚥《の》み込んだものの、彼は腹をかかえて笑いたくなった。

が、幸いにもそこへ、彼に対して六人目の訪問客があったので、ようやくその衝動を抑えることが出来た。

彼はその客を、Eとは別の部屋へ通した。しかし客との応対の間も時々そのステッキを思い出すと思わず笑い出しそうになるのだった。しかし、そのおかげで一番儲物《もうけもの》をしたのは、その六人目の客だった。ステッキ一本ですっかり気持ちを擽《くすぐ》られた本田準は、わけもなくその男に原稿料を払ってしまった。

ところがその客を送り出して玄関まで出て来た時、ふと見ると、例のステッキがまだそこに残っていた。

「Eさんは?」

と訊ねると、

「今、お帰りになりました」

と玄関番が答えた。

「でも、ステッキが残っているじゃないか」

「あッ、お忘れになったのだ」

玄関番がそう言いながら駆け出そうとするのを、素速く本田準は遮った。

「いや、僕が持って行こう」

彼はスリッパのまま、たたきに飛び下りると、そのステッキを持って飛び出した。門の所まで来ると、だらだら坂を下りて行く後姿がみえた。

「Eさん！」

と呼ぶと、彼はすぐに振り返った。本田準はステッキを高く振ってみせた。

Eは強い度の近眼鏡の奥から、眼をパチパチとさせていたが、間もなく気がついたと見えて、笑いながら引き返して来た。

「いや、どうも恐れ入ります」

Eは小腰をかがめてそれを受け取ろうとした。

「どうしたんです。なかなか素敵なステッキじゃありませんか、お忘れになっちゃもったいないですよ」

本田準はひどく愉快でたまらなかった。

「いや、どうも」

Eはそのステッキを受け取ると、子供のような後姿をみせて悠々と坂を下って行った。

夜読むべからず

はしがき

蒸暑い夏の夜だった。

ロンドンの町は相も変わらず深い霧に閉ざされて、往来をゆく人も稀《まれ》に、次第に夜は更けてゆく。この町のとあるクラブに集まった数名の紳士。てんでにウイスキーの盃《グラス》を舐《な》めながら、耐えがたい暑さをしのいでいる。

「夕立でも来そうな空模様ですね」

一人の紳士が立ち上がって、窓のカーテンをめくると暗い空を見上げた。

「ほんとうです。いっそざっと一降り来ればいいのですがね」

別の一人が物憂《ものう》そうにその方を見ながら答えた。

「こんな晩には、何かこう物凄《ものすご》い怪談でも聞いているといいんですがね」

隅の方に坐っていた青年紳士が、ふとこんなことを口に出した。するとその言葉で思い出したように、今まで熱心に新聞を読んでいた探険家のハンソン氏がふと新聞から顔を上げて、

「怪談と言えば、この間私は世にも奇妙な経験をしたのですが、どうでしょう、そのお話でもいたしましょうか」と言った。

「賛成、それはぜひお願いしたいですね」

たちまちあちこちから賛成の声が起こった。

そこで有名な探険家ハンソン氏は、彼の奇妙な話を始めたのである。

ハンソン氏の物語

「これはつい最近私の出会った話です。

場所は西部アフリカ——。私は人の一行と共に南を指して探険の行程を進めていたのです。ちょうど四月の初め頃でしたろうか。私たちの一行はふとある谷間で道に踏み迷ったのです。日は暮れる。行けども行けども集落には行き当らない。そうした時の淋《さび》しさ物凄さ……、しかもそれが暗黒大陸とよばれるアフリカの真《ま》っ唯中《ただなか》なのですから、その気味の悪さといったらありません。

数時間そうしてさまよい歩いていましたろうか。私はふとほど遠からぬ地点で一つの燐《りん》光《こう》の燃えているのに気がついたのです。その辺はあまり猛獣の出ない所ですが、でも、ずいぶん動物の骨など散らばっているのですから、燐光を見たとて別に不思議はありません。しかしその時私は何となく惹きつけられるようにその方に近寄ってみました。

見ると果してそこに一個の骨があったのですが、明らかにそれが人骨なのです。しかもここに不思議なことには、左の手と左の足だけはちゃんとついているのに、右手、右足それから、頭と、それだけが見当らないのです。不思議に思って、その付近の草叢《くさむら》を探してみると、その一町ほど離れた所に、手は手、足は足、頭は頭と別々に落ち転がっていました。しかも手の骨は何やら一冊のノートのようなものを摑《つか》んでいる様子——。

仔細《しさい》のあることだろうと思って、私はその半ばボロボロになったノートを手に取り上げて中を開いたのですが、何と皆さん、そこには世にも奇妙な物語が書綴《かきつづ》られていたのです。今私がお話ししようとするのは、そのノートの中に書いてある物語ですが、したがって、皆さんがこれを本当にしようと、あるいは出鱈目《でたらめ》だろうとお思いになろうとご勝手です。幸い私はここにそのノートを持ち合わせておりますが、いっそ下手な私の口よりお話しするよりこれを読んだ方が面白かろうと思いますので、一つロバーツさん、あなたこれを読んで下さらんか」

そう言いながらハンソン氏は一冊のすでに半ば朽ちたノートを傍にいたロバーツという医師に手渡した。一同はその中からどんな恐ろしい事実が飛び出すだろうというふうに、固唾《かたず》を飲んで待ち構える。

以下ノートの中の手記。

ああ！　俺の命も後六週間とは持つまい。やがては俺もフレッドと同じようなあさましい最期を遂げるのだ。しかし思えばこれも俺の招いた罪の報いだ。ああ！　最愛の妻ケティー、許してくれ。俺はお前を誤解していたのだ。お前とフレッドの清い仲を、俺は曲解していたのだ。そのために俺はこんな恐ろしい最期を遂げなければならぬ——。

俺はケティーを殺してしまった。人知れず、毒を盛って——。そしてその次には憎い憎い男、最愛の妻ケティーを奪ったフレッドを殺そうと決心した。しかしフレッドを殺すには尋常一様の手段ではこの俺の腹が癒《い》えなかった。そこで俺は、世にも残酷な手段で、このフレッドを殺してやろうと決心したのだ。

幸い俺がこの地方で過去半ヶ年間、苦心に苦心を重ねて研究したあの「紫斑病《しはんびょう》」——、あいつをこのフレッド殺害に応用してやろうと思ったのだ。

何も知らない人々のためにこの「紫斑病」というのを説明しておいてやろう。この地方の蜘蛛《くも》の間には一種不可思議な病気がある。この病気にかかると、先ず右の第一の脚に紫色の斑点が出来る。それが出来ると蜘蛛は苦しくてたまらぬらしく盛んに悶《もが》くがやがて二週間経つとポロリとその脚は落ちてしまうのだ。するとそれで病気は治ったもののごとく蜘蛛はケロリとしてもとの元気を恢復《かいふく》する。しかし、それは表面だけなのだ。第一の脚が落ちてからちょうど一週間経つと、今度は再び第二の脚に斑点ができ始めるのだ——。そして苦悶《くもん》の二週間、またもや第二の脚は脱落する。すると間にまたもや一週間おいて、今度は首。

ああ！　この病気の最も奇妙なところは、第一の脚から第二の脚――、それから首へと来る順序が実に正確な時日を経過する点にあるのだ。俺は半年かかってこの病気を研究した。そしてたくさんの、その病気を持った蜘蛛を培養することに成功したのだ。

ああ！　何という快い復讐《ふくしゅう》だろうか。

俺はこの病気をフレッドに感染させてやろうと決心したのだ。それは別に何の雑作もないことだった。俺自身手を下して妻を殺害したということを知らないフレッドは、一夜俺の招待を受けて快く俺の住居《すまい》に泊まることになった。あらかじめ計画を立てていた俺は、フレッドにいつもより多量の酒を奨《すす》め、彼が前後不覚に酔っ払った時分を見すまして、いつも彼が俺の家《うち》に泊まる時、寝ることになっている寝室へ彼を引っ張って行った――。

そして彼の寝室を去る時、かねて用意をしていた例の蜘蛛を、彼の枕下に放っておいたことは言うまでもない。

それは多分夜の一時頃だったろうか。

突然彼の部屋に当って、キャッ！　というような悲鳴が起こった。俺はそのことが起こるのを、今か今かと待ち受けていたのだが、しかし表面はさも驚いたようなふうを扮《よそお》って彼の寝室に駆けつけた。

「おい！　どうかしたのか？」

部屋へ入って灯《あかり》をつけるなり俺はそう声をかけた。

「何だか今、ひどく額にかみついたのだ。見てくれ給え、どうかしてやしないか？」

見ると額の中ほどがポッツリと赤く脹《ふく》らんでいる。疑いもなく俺の培養した蜘蛛が噛《か》みついたのだ。俺はしすましたりと肚《はら》の中で赤い舌を出した。しかし表面は無論さもさりげなく、

「ナーニ、大したことはないよ。この辺にはひどい蚊がいるからね」

そう言ってその晩はそれで済ました。しかしそれから夜が明けるまで、激しく彼が苦悶しているのを聞いて、俺はどんなに心の中で快哉《かいさい》を叫んだろう。——

やがて夜が明けた。するとフレッドは俺に、山へ登らないかと奨めるのだ。しかしその時どうして俺は彼について行くことができよう。やがて手が落ち、足が落ち、そして首が落ちる彼——、いかに俺が鬼のような男であるとはいえ、それをどうして平気で眼《ま》のあたり見ていることができるものか……。

何も知らないフレッドは、俺が否《いや》だと言うと、残念そうに首を振りながら、一人で山へ登って行った。——

それ以来の数週間というものを、俺はどんなにいらいらした気持ちで暮らしたろうか。ああ、今頃は手が落ちている時分だ、今頃は足が落ちている時分だ……、俺は毎日毎日指折りかぞえて計算していた。ああ！　俺はきっと生きながら鬼になってしまったに違いない。そうして日を数えているうちに、やがて耐え切れなくなって、フレッドの奴がどんな

姿になったか、一目でいいからそれが見たくてたまらなくなって来たのだ。

そこで、フレッドが出発してからちょうど二ヶ月目に、俺もフレッドの跡を追って山へ登って行った。

山の中の五日間、俺はまるで気違いのようにフレッドの姿を求めて歩いた。そしてとうとうある日、俺は、俺の予期した通りの姿に変わり果てたフレッドに出会ったのだ。ああ！　その時の恐ろしさ、物凄《ものすご》さ、俺は今思い出してもこの身が冷たくなるのを覚える――。

それは山へ入ってから五日目の夕刻だった。咽《のど》が渇いた俺は、ふと谷間の流れを見つけてそこへ下りて行った。そして腹這《はらば》いになって水を飲もうとした時である。俺はふと、まだ骨になりきらぬ人間の右手を見つけたのだ。

ああ！　とうとう、ここでフレッドの右手は脱落したのだ。俺は恐る恐るその方へ近寄って行ったが、まぎれもなくそれは「紫斑病」にかかって脱落した腕に違いないのだ。

その時の俺の感情を何と言っていいか分らない。喜悦か、恐怖か、悲哀か――、俺はいっそう気狂いじみた気持ちになって、もはやどうしてもフレッドの死様《しにざま》を見なければおさまらなくなって来た。

第二の犠牲者、脱落した右の足を発見したのは、それから程遠からぬ洞窟《どうくつ》の入口だった。遂に足も落ちた。――しかし首は？　首は？――

俺はまるで狂犬のように地上に這いつくばい、その附近の草叢《くさむら》の中を探し廻《まわ》って歩いていた。その時である。突然、俺の頭にはある異様な考えが浮かんで来た。

この「紫斑病」の特徴として、最初この病気にかかって以来、最後に首が落ちるまで、実に正確な時日が経過するということを、俺は前にも言っておいたが、今俺が指折り数えてみると、何と！　今日こそ彼の首の落ちる日ではないか！　それに気がついた俺の驚き！

「アア！　今日だ！　今日首が落ちるのだ！」

俺は思わず声を出してそう叫んだ。するとどうだろう。洞穴の奥の方から遥《はる》かに、

「アア！　今日だ！　今日首が落ちるのだ！」

という響き――。

俺は愕然《がくぜん》として後へ飛びのいた。こだまだろうか、それとも俺の耳の誤りか――。

いやいやあるいは――。

ああ！　その時――、

洞穴の奥の方から浮かび出した人影――。

一本の手、一本の足――。ヒョコリヒョコリと闇の中から浮かび出してきた異様な姿――。その面《かお》はといえば一面に紫の斑点で覆われていたが、まぎれもなくそれこそフレッドの変わり果てた姿ではないか――。

フレッドは残った一本の手で俺の方を指さしながら、

「ああ、やはりお前だったのだね。お前が俺をこんな姿にしてしまったのだね。おいよく聞け、お前はきっと俺とケティーの仲を疑《うた》ぐって、こんなひどい目に遭わせたのだろうが、それこそお前の誤解というものだ。おい俺とケティーは、兄妹《きょうだい》だったのだぞ!」

その言葉が終わるか終わらないうちに、フレッドの紫色の首は、ガクリと俺の眼の前に転ろげ落ちた――

その途端、俺は天地が一緒になって俺の身体の上へ覆いかぶさって来たような感じがした。おお! ケティーよ、フレッドよ!

しかし神様は公平だ。俺の罪悪を罰するために、俺自身発見したこの奇病を以《も》って、フレッドと同じようなあさましい姿に、この俺の姿を変えてしまった。いつ、どこで感染したのか知らない。しかし、今や明らかにこの俺も「紫斑病」に感染している。やがて手が落ち、足が落ち、そして最後にこの首まで落ちるに違いない。ああ! この苦痛――、この悶《もだ》え――。これも身から出た天罰と言うべきか――。

ロバーツ医師はそこでバッタリとノートを閉じた。今まで引き入れられたように耳を傾けていた一同は、その時顔を上げると、ホッと溜息《ためいき》を吐いて身を慄《ふる》わせた。ただ一人ももものを言うものもない。時計の音ばかりが不気味に時を刻んでいる。

外では案の定夕立がやって来た。

そしてクラブの夜は物淋《ものさび》しく更けて行く。

喘《あえ》ぎ泣く死美人

碧園荘《へきえんそう》にまつわる妖異

ジョン・フォックス氏が、ダルティムーア附近にあるその碧園荘を買い入れたという話を聞いた時、附近に住んでいる人々は一様に顔を見合わせた。

「おいおい、聞いたか。あの碧園荘がとうとう売れたとよ」

「おお、俺もさっき聞いたんだが、世の中にゃ、ずいぶん物好きな奴がいるもんだなア」

「ほんとうだ。しかしなアに、今にみていろ、ものの一週間と続いて住んではいねえからな。二三日も経てば、またこの前の男みたいに、ほうほうのていで逃げ出すぜ」

「いったい、今度買った奴てえのは、例の一件もののことを知ってるのかい?」

「さァ、どうだかな。多分何も知らねえんだろうぜ。悪い奴に欺《だま》されて、いかさまを摑《つか》まされたのよ。今に泣《ほ》え面を掻《か》くぜ」

しかしジョン・フォックス氏は、何もかも知っていたのだ。彼がその邸《やしき》を買おうと思って、持主に話を切り出した時、相手は案外正直に、その邸に纏《まつ》わる怪異を語って聞かせた。が、ジョン・フォックス氏は、一笑に附して取り合わなかった。

アメリカに育ち、アメリカで金を拵《こさ》えた彼には幽霊なんて信じられない。

今時そんなことを言い出して、自分の持家にきずをつけようとするイギリス人を、馬鹿と言っていいのか、正直と言っていいのか、彼には、その心持ちがよく分らないくらいだった。

「幽霊は結構です。しかし俺《わし》は、それを口実に値切ろうなどとは夢にも思わん。最初定《き》めた値段で、譲り受けようじゃありませんか」

そうして碧園荘は、彼の所有物《もちもの》となった。彼の細君も、良人《おっと》からその話を聞くと、大声をあげて笑った。

「まァ、面白いわね。イギリスにはまだそんな古風なものが棲《す》んでいるの。あたし、今まで見たことがないから一度拝見したいわね。でも、出て来てくれるかしら？」

彼女はそう言って、またもや大声をあげて笑った。こんなのにかかっちゃ、幽霊も敵《かな》わない。

ジョン・フォックス氏はイギリス人だが、細君はアメリカ人である。だから彼女は、良人よりいっそう幽霊なんか信じることができなかった。むしろ出て来てくれれば、いい話相手になって面白いぐらいに心得ている。実際今時のアメリカの若い女にかかっちゃ、幽霊の方が顔負けするだろう。

碧園荘というのは、ダルティムーアの丘の上に建っている一軒家である。古い由緒ある建物で、数年以前までは、有名な貴族の子孫が代々住んでいた。それが故あって売物に出て以来、時々買い手のつかないこともないが、一週間とその家《うち》に住んでいた者がない。たいてい三日目ぐらいには、肝をつぶして逃げ出してしまう。

だから持主は転々として、ジョン・フォックス氏が買う前には、ロンドンのさる毛織物商の主人がその所有主《もちぬし》だった。ジョンに、幽霊の話を聞かせたのもこの男である。

元来、ダルティムーアというのは、ロンドンから数哩《マイル》離れたところで、有名なダルティムーア監獄のある場所である。無論、碧園荘のある附近は同じダルティムーアでも、監獄から大分離れた地方であるが、それでも附近一帯がじめじめとした沼地で、おまけにロンドン名物の霧は、この地方が一番深いと言われている。とにかく、あまり気持ちのいい住宅地ではない。怪談が伝えられているのも、なるほどと頷《うなず》けるほどである。

碧園荘は、その小高い丘の上に建っていた。幾百年という時代を経て、今では古色蒼然《そうぜん》とダルティムーアの沼沢地を俯瞰《みおろ》しているところなど、どこか頑固な、昔の貴族気質《かたぎ》を、偲《しの》ばせるところがあった。

ジョン・フォックス氏の気に入ったのは、あるいはその点であったかも知れない。彼は長い間アメリカでただ一心に金儲《かねもう》けに従事していたから、いざ金が貯ったとなると、急に由緒だの家風だのが欲しくなって来たのだろう。まずその第一手段としてこの邸を買い取ったものと見える。

「まァ、なるほど古色蒼然としてるわね。これなら、幽霊が出ないこともなさそうね」

いよいよ設備万端ととのって、自動車で夫妻が駆けつけた時、細君は一目、その建物を見るとそう叫んだ。

「馬鹿な！　お前、まだ、あんなことを憶《おぼ》えていたのかい？」

「憶えていたというわけじゃないけど、この邸を見ると、ふと思い出したのよ」

「そんなことは、早く忘れてしまった方がいいよ。馬鹿馬鹿しい！」

「大丈夫よ。あたし幽霊なんか出ても、ほんとうにちょっとも怖くないんですもの」

まだ年若い細君は、そう言いながら、房々《ふさふさ》とした断髪を左右に振って笑った。彼女はメリーという名前である。

幽霊ばなしに憑《つ》かれた夫婦

アメリカ生まれのメリーにとっては、この邸はたしかに一風変わっていた。

コンクリートの、真っ四角な建物ばかり見馴《みな》れてきた彼女にとっては、このイヤにもったいぶった陰気な建物は、何かしら暗い洞窟《どうくつ》のような気がした。

窓から、天井から、床から、何もかもが妙に思わせぶりで、気難かしくて、ひねくれている。これが昔のイギリスの貴族気質だろうかと思った。しかし、そうは思いながらも、彼女もまんざら気に入らぬこともなかった。すべてのアメリカの娘がそうであるように、彼女もまた、古い由緒だの家柄だのということに夢のような憧憬《あこがれ》を抱いている。いま自分は、その古い由緒ある邸に住むようになったのだ。この部屋では、どんな貴族がどんな物思いに耽《ふけ》ったことだろう。あの窓の側では、貴族の若君と姫君がさぞや甘い恋を物語ったことだろう――メリーは他愛もなく、そんな空想に耽って喜んだ。

「ねえ、あなた!」

一通り邸内を見廻《みまわ》って、さて庭園へ出た時である。メリーは良人の手に倚《よ》りながら、そう訊《たず》ねかけた。

「どうして、この邸に、幽霊が出るようになったの? あなた、ご存じなんでしょう。あたしにそれを聞かせて頂戴《ちょうだい》な」

「馬鹿な! お前まだ、そんなことを気にかけているのかい」

「そうじゃないけど、でも聞きたいわ。女の幽霊だというじゃありませんか。ねえ、どうしてその幽霊が出るようになったの?」

「そんなことを聞くものじゃないよ。馬鹿だなア、お前も……」

ジョン・フォックス氏は渋い顔をして苦笑した。

「馬鹿でもいいわ。だって、あたし聞きたいんですもの。いいわ。あなたが話して下さらなければ誰かこの附近《へん》の人に聞くから……」

ジョン・フォックス氏は仕方なしに話し始めた。

数年以前のことである。

当時この屋敷には、まだ貴族の子孫が住んでいた。良人はロバート・シーボルト卿《きょう》といって子爵だった。妻はアンナという名で、たいへんな美人だったという評判である。ある晩、それは非常に霧の深い晩だったが、良人のロバート・シーボルト卿は、所用あってロンドンへ行ったきり帰らなかった。後には妻のアンナが、召使いと共に寂しく残されたわけである。

ところが、その翌日の朝早く、子爵が蒼惶《そうこう》として、妻のことを案じながら帰って見ると、意外にも彼女は居間の床に冷たくなって横たわっていた。見ると、白絹の寝着《ねまき》の胸に血がどす黒く固っている。鋭い刃物で、一突きに抉《えぐ》られたものらしい。

子爵の驚きは言うまでもない。彼は狂気のようになって、妻の屍体に縋《すが》りついた。しかし、すでに冷えきっている屍体が、再び眼を見開くわけもなければ口を利く理由《わけ》もない。子爵の落胆は、傍《はた》の見る眼も痛々しいほどだったという話である。

召使いは三人いたが、誰もこの惨劇を知らなかった。凶器も見つからなければ、犯人も分らない。自殺をする理由は少しもなかったから、何者かに殺されたのに違いなかったが、意趣か物盗《ものと》りか、それすらも見当がつかなかった。ただその夜、ダルティムーアの監獄を脱走した兇悪《きょうあく》な囚人があったというから、あるいは、そういう男の仕業ではなかろうかという憶測が一番勢力を占めた。

子爵は悲嘆のうちに葬式を出したが、間もなくロンドンへ移り住んでしまった。幽霊が出るという噂は、それ以来のことである。

「では、幽霊というのはその奥さんなの？」

メリーは、好奇心に輝く眼でそう訊ねた。

「まア、そういうんだが……メリー！　どうせそんなことは、根も葉もない作り事だよ」

「で、その脱獄囚というのは捕まったの？」

「さあ、そこまでは俺も知らんが、そんな話はもう止そうよ。お前までが、幽霊話にとり憑《つ》かれようとは思わなかったよ」

ジョン・フォックス氏は、嫌な顔をして苦笑いをした。

髪振り乱して泣き崩れる女

碧園荘における第一夜は、何のこともなく明けた。もっともそれは、夫妻とも引越しの疲れでぐっすり寝込んだせいいかも知れなかった。

「出やしないじゃないの」

「何がさ？」

「ほら、あれよ」

朝の食卓に向った時、メリーは悪戯《いたずら》っ児《こ》らしく首をちぢめて笑った。

「馬鹿な！」

ジョン・フォックス氏は、吐き出すように言った。彼は、やはりイギリス人だった。だから、アメリカ人である妻のメリーに較べると、口では否定しているものの、どこか幽霊の存在を信じているようなところがあった。

それだけに、この話を聞くのが嫌だったのだ。何か自分の邸に対して、けちをつけられるような気がするのである。

「ご免なさい、もう言やしないから」

「馬鹿だなア、お前も……そんな下らないことを気にしていちゃきりがないよ」

「あたし、気にしているんじゃないわよ。出て来てくれれば、いっそ面白いと……」

「またそんなことを言う」

ジョン・フォックス氏は苦りきって妻を叱りつけた。

その日はロンドンに、まだいろんな用事が残っているので、ジョンはぜひとも、出かけなければならなかった。

「少し、晩《おそ》くなるかも知れないよ」

「ええ、でもできるだけ早く帰って頂戴ね」

「うん、大丈夫だよ。淋しかったら、誰かを起こしといたらいいだろう。どうせ、俺《わし》が帰って来るんだから」

「そんなにまでしなくてもいいのよ。あたし、怖いことなんかちっともないんですもの」

メリーは実際何も怖いことなんかないらしかった。良人《おっと》のジョンは、それに安心して出て行った。

日が暮れても、果たして良人は帰って来なかった。メリーは、さすがに淋《さび》しかった。幽霊などとは関係なしに、沼地の真中に建っている広い建物の中に、一人坐《すわ》っていれば誰だって淋しいに違いない。

しかし今朝、良人に大きい口を利いた手前、召使いを起こしておくわけにもゆかなかった。彼女は広い、がらんとした居間の中で、一人編物の手を動かしていた。この部屋こそ数年以前、子爵の妻が何者にともなく殺害されたところなのである。そう思ってみれば、いやにだだっ広いところといい、高い天井といい、時代のついた壁といい、すべてが陰々としている。いかにも、幽霊の出そうな部屋である。

メリーはふと編物の手をやめて、煖炉《だんろ》の上の時計を眺めた。九時である。

良人はまだ帰ってこない。彼女は立ち上がると、窓の側へよって外を眺めた。外は深い霧で、一間先とは見えない。風が出たと見えて、沼地を渡るもの音が、魂の底へしみ込むように響いて来る。

メリーは思わず肩を慄《ふる》わせると、急ぎ足に元の椅子へ帰って来て、編物を手に取り上げた。しかしどうしたものか、彼女の手は激しく慄えて、二度と物を編む気になどなれなかった。

その晩もきっと、子爵の奥様はこうして、編物をしていたに違いない。そして、ロンドンへ行った良人の帰りを待ち侘《わ》びていたことだろう。やはり今夜のように、霧の深い晩だったという。沼地を渡る風の音も、今夜のように淋しく聞えていたに違いない。

時計が、チンと九時半を打った。メリーは、その物音にふと眼をあげた。

その途端、突然部屋の扉《ドア》がスーッと静かに開いたと思うと、一人の女がきょろきょろと、辺りを見廻しながら入って来た。

メリーは背筋に、氷の破片を投げ込まれたような驚怖を感じた。彼女は椅子の背に体を押しつけると、しっかりと両腕で胸を抱いた。

見つけられてはならない。見つけられたら、きっと殺されてしまう――なぜかメリーは、そんな気がした。

女は真白な寝着の上に、緑色のハオリを羽織っている。今まで寝床の中にいたと見えて、美しい金髪が房々と、その両の肩に垂れ下がっていた。目覚むるばかりの美人である。

彼女はしばらくきょときょとと、部屋の中を見廻していたが、やがて扉《ドア》の外へ向いて差し招いた。すると彼女の後から、二十四五の美しい青年がおどおどと顔を出した。

二人とも、真蒼《まっさお》な顔をしている。ことに女の顔の色は、幽霊のように色蒼《いろあお》ざめ、時々絶望的に唇を痙攣《けいれん》させた。

メリーはその様子を見ると、体をひしと椅子の中に押し込んだ。彼女はどういうわけか知らぬが、この二人をよく知っているような気がした。そして、今もし彼らに見つけられたが最後、自分の命はなくなるのだというような気がした。

沼地を渡る風の音が、まるで、瀕死《ひんし》の病人の唸《うめ》き声のように響いて来る。良人はまだ帰らない。

しかし、幸い二人の男女は、メリーのいることに気がつかないらしかった。彼らは部屋の中へ入って来ると、メリーのすぐ眼の前に立ち止まった。女はガックリと椅子に身を投げ出し、髪を振り乱して、よよとばかりに泣き始めた。不思議にもその声は、メリーに少しも聞えない。しかし、何のために泣いているのか、何を悲しんでいるのか、彼女にはよく分るような気がした。

女は一糸纏《まと》わず真裸体《まっぱだか》となって

男は暖炉にもたれたまま、しばらく女の様子を凝《じ》っと見守っていたが、やがて側へ寄ると、優しく肩へ手をかけた。

女は激しく身を悶えて、その手を振り離した。そして、なおもよよと泣き沈む——

男は仕方なしに女の側を離れると、ポケットから煙草を取り出して火をつけたが、その途端、ニヤリと狡《ず》るそうな笑いを洩《も》らした。

それを見た途端、メリーは無性にこの男が憎らしくなって来た。

何もかも、この男が悪いのだ。この男が、女をこんな破目に落とし込んだのだ――

男は煙草を吹かしながら、好色そうな眼を輝かせて凝《じ》っと女の様子を見守っていたが、やがて、ポイと煙草を投げ捨てると、女の後ろに忍び寄って、そっとその肩を抱いた。女は激しく身悶《みもだ》えする。男はしかし、いよいよ強く抱きしめようとした。その途端、女の羽織っていたハオリがばらりと落ちて大理石のような肌が現われた。

男はそれを見ると、やにわに唇を押しつけた。

……、滅茶《めちゃ》苦茶だった。……………………。……………………。……

……………………。

やがて、微《かす》かな溜息《ためいき》が女の唇から洩れた――

メリーはこの恐ろしい光景に、思わず眼をおおった。彼女の頭は混沌《こんとん》として、何を考えることもできない。

しばらくすると、何かどすんという物音がしたような気がした。彼女はそれで、ハッとして眼を上げた。見ると、さっきからいた男女の側に、もう一人の男が物凄《ものすご》い顔をして立っている。絹帽《シルクハット》を冠《かむ》り夜会服を着て、鼻下には美しい髭《ひげ》をたくわえた四十前後の紳士である。

メリーはいつ、その男が入って来たか知らなかった。しかしなぜとなく、この男がここへ来ては大変だという気がした。果たして二人の男女は、真蒼になった。女はあわてて、ハオリを拾おうとした。しかしそのハオリは、紳士の靴の下にある。彼はしっかりとそれを踏みしめたまま女の手を握ると、やにわにその寝着《ねまき》の襟へ手をかけた。ビリビリと、寝着の裂けるような物音が聞えた。

と思うと、女は哀れにも一糸纏《まと》わぬ裸体になった。彼女はあまりの恥しさに、がばと床の上に泣き伏した。それを見た青年はいち速く逃げ腰になった。が、それよりも紳士の腕の方が早かった。彼は青年の肩を摑《つか》んで床の上に引き倒すと、壁にかけてあった剣を取り上げた。青年は何か弁解している、時々女の方を指さしては何か言った。女はしかしただ泣いているばかりである。その途端、紳士の握りしめた剣が灯の光にピカリと光った——と思うと、青年は朱《あけ》に染まって床の上に打ち倒れた。

そしてしばらくピクピクと手足を動かしていたが、やがてぐったりと床の上に長くなってしまった。

女は静かに顔をあげた。しかしその顔には、もはや恐怖も羞恥《しゅうち》も見えない。彼女は洞《うつろ》のような眼をして、青年と紳士の顔を見較べている。

二人はしばらく、眼と眼を見交わした。女はやがて、軽い絶望の溜息を洩らした。紳士は何か言おうとしたが、女は軽くそれを遮った。そして静かに立ち上がると、紳士の持っている剣の先を取って、自分の胸にあてがった。

女は突然、我《わ》れからぐさりと剣の方へ身を寄せたと思うと、そのままぐったりと、床の上に崩れた。赤いものがパッと辺りに散ったのを、メリーは見た。紳士はそれを見ると、剣を投げ捨てて急いで女の側に駆けよった。そして女の体を抱き上げると、何か早口に叫びながらその唇に接吻《せっぷん》した。

女はまだ、死にきってはいなかったと見える。何か二言三言、それに答えた。すると紳士はひしと女をかき抱いてしっかりとその唇を女の唇の上にあてがった。その眼には涙がいっぱい溢《あふ》れている。

やがて、紳士は絶望的な唸きを上げると、静かに立ち上がった。そして凝っと、女の死顔を見つめていたが、やがて諦めたように、さっきの剣を取り上げると、しばらく凝っとその刃先を眺めていたが、ふいにそれをポイと投げ出した。メリーはその剣が、煖炉の後へするりと滑り込むのを見た。紳士はまた女の側にひざまずいて、しばらく黙禱《もくとう》してみたが、やがて女の屍体に寝着を着せると、静かに立ち上がって、青年の屍体を肩にその部屋を出て行った――

メリーはここまで黙って見ていたが、やがて悲しさがこみ上げて来た。彼女は椅子の上に顔を押し当てると、おいおいと泣き始めた。

「おいメリー！　どうしたんだ、何を泣いているんだ」

ふいにそう言われて、彼女はふと我れに返った。見ると、女の屍体《したい》もなければ血汐の跡もない。側には良人のジョンが、不思議そうな顔をして立っている。

「どうしたんだ、何か夢でも見たのかい？」

「まァ」

メリーはきょろきょろと、辺りを見廻《みま》わしながら、

「では、今のは夢だったのかしら」

「何だ。夢を見て泣いていたのか、馬鹿だなア」

あれが夢か？　果たして夢なのか？　メリーは急に恐ろしくなって、良人の胸に顔を押しあてた。そして、甘えるように言った。

「あなた、これからこんなに遅くなっちゃいやよ」

その後二三日して、メリーは良人の留守を見計らって、そっと煖炉《だんろ》の後を調べてみた。すると果たして、この間見たと同じ剣が真っ紅に錆《さ》びて現われた。メリーはそれを見ると、思わず身慄《みぶる》いした。それから間もなく、ロバート・シーボルト卿《きょう》の死亡が新聞に伝えられた。その記事と一緒に出た写真を見た時、メリーはたしかにこの間の紳士であることを認めた。ただ残念なことには、青年の身分だけが分らない。しかしメリーは、それを調べようとも思わなかった。彼女はこの間見たことを、良人にさえ話さないくらいである。

その後幽霊は、二度と碧園荘へ姿を現わさなかったという。

憑《つ》かれた女

一

長谷《はせ》の停留所で電車を降りたエマ子は、柄の短いパラソルを小脇にかかえ、地面を蹴《け》るような歩きかたで、真っ直ぐに由比ヶ浜《ゆいがはま》の方へ下りて行こうとした。

午後三時頃の太陽が、かあっと白い道路に反射して、すぐ向うにある海岸の方からは、波の音や人のさんざめきが一つになって、まるで凄《すさま》じい滝つ瀬のようにどどん、どどんと響いてくる。根が賑《にぎ》やかなことの好きな虚栄家のエマ子のことだから、その騒ぎを聞いただけでも、もう胸をわくわくさせて駆けだすはずだのに、今日のエマ子はそうではなかった。なんだか急に苦しげに唇を噛《か》みしめると、眼を据えて、あわてて道傍《みちばた》の日蔭《ひかげ》の中へ駆け込んだ。なんとなく不安で、息ぐるしくて、今にもその場へ倒れてしまいそうな気がする。こんなところで倒れたりしちゃ大変だ。そんな恥っさらしな、この沢山の人の前で、じっと凝《じ》っと我慢をしていればいるほど、ますます胸のあたりが変に空虚になってきて、今にも発狂するのじゃないかという恐怖が勃然《ぼつぜん》として湧き起ってくる。

美しい女が妙な恰好《かっこう》をして路傍に立っているのだから、行き交う人々がみんな不思議そうな顔をしてじろじろと見て行く。エマ子にとってはそれが何よりも辛《つら》いのだ、そうかといってそこから一歩でも離れればくらくらと来そうな気がする。こんな場合ウイスキーでもぐひぐひとやればどうにか持ち直すことができるのだが、女の身としてまさかそんな真似もできないし、第一持ち合わせもない。

こんなことなら鎌倉くんだりまで来るんじゃなかった。同じ死ぬならアパートのベッドの方がどんなに死心地がいいか知れやしない……と、そんなことを考えながら、きょろきょろとあたりを見廻しているエマ子の眼に、突如救いの主の姿がうつった。

「四郎ちゃん、ちょっと四郎ちゃんたら！　こっちよォ、意地悪ね」

今しも海の方から上がって来た、海水着一枚の、体中からポタポタと滴を垂らしている青年が、エマ子の声にしばらくあたりを見廻《みまわ》していたが、やっと彼女の姿を見つけると、にやにやと笑いながら側へよってきた。

「どうしたい、エマ、そんなところで何してるの。誰かを待ってるのかい」

「そうじゃないの、ねえ、四郎ちゃん、アザミの連中みんな来てるんでしょう」

「ああ、来てるよ。行ってご覧、材木座よりの方で例のテントを張ってるからすぐ分る。俺ゃこれからちょっと用達《ようたし》して来なきゃならんから失敬する」

「ちょいと四郎ちゃん、待ってよオ」

エマ子は急に不安がこみ上げてきたように、あわてて相手を呼び止めると、

「あんたこれからどこまで行くの」

「うん、ついそこまで氷とシトロンを仕入れに行くところさ」

「じゃ、そう長くはかからないのでしょう?」

「うん、すぐそこんところだから五分もあれば足りる」

「そう、じゃあたしここで待ってるから、いっしょに連れてってよオ」

「おかしな娘《こ》だね。遠慮のある奴は一人もいやしないじゃないか」

「なんでもいいから一緒に連れてってよ。あたしここで待ってるわ」

「じゃ、どうでも勝手にしなよ」

「できるだけ早く来てね」

四郎の後姿を見送るとエマ子はほっと安堵《あんど》の吐息をついた。その拍子に二三人こちらを見ている人々があるのに気がついて、彼女はぽっと頬を染めると、あわててハンドバッグの中からコンパクトを取出して顔を直した。別にいつもと違った顔色でもない。眼の色が少し疲れているように見えるだけで、ほかは頬だって唇だって相変わらず生々として美しい。これでどうしてあんな厭《いや》な発作が起るのかと思うと、エマ子は泣き出したいくらい情けなかった。

混血児のエマ子があの厭な神経衰弱に取り憑《つ》かれたのは、今年の五月頃からのことだった。はじめのうちはなんとなく世の中が不安で不愉快で、それをまぎらせるために日毎夜毎酒浸りになっているうちに、とうとう病気をこじらせてしまって、この頃では毎日はげしい強迫観念に襲われる。この発作が起こってくると、まず第一に心臓が固くなって、体の一部がなんとなく空虚になり、今にも発狂しそうな気がする。発狂したが最後、どんなことをしでかすか知れたものではないのだ。……しかもこの発作たるや、自分の部屋で一人寝ている時とか、気の合った仲間同士でふざけ合っている時には滅多に起こって来ないで、汽車の中だとか、劇場の中にただ一人いて、今発作を起こしたら困るな、満座の中でいい恥さらしだな、などと凝っと辛抱していると、そんな時に限って意地悪く、勃然として不愉快な恐怖が起こってくるのだった。しかもこの病気ばかりは本人の我がままから起こってくるのだから、他人には全く同情がない。

「エマ。お前その病気、アレじゃない？」

「あれって何さ」

「ほら、早発性痴呆《ちほう》症という奴さ」

「馬鹿！　馬鹿！　そんなことが……」

「だってさ、お前に覚えはないにしろ、お前の両親から伝わったものかも知れないぜ。ほらお前の親爺《おやじ》というのはドイツ人の船乗だろ。船乗ときちゃお前どんな病気を持ってるか知れたもんじゃねえぜ。ことに外人なアひどいっていう話さ」

「馬鹿！　馬鹿！　出て行け、こいつ！」

だがその言葉はエマ子の一番痛いところへ触れているだけに、後々まで滓《かす》になって残った。

生まれてから一度も会ったことのない両親のことはさておき、彼女自身にだって覚えのないことではなかった。年齢《とし》よりは幾分ふけて見えるとはいえたった十七のエマ子が、仲間を牛耳っているというのは彼女がいつもいい金の蔓《つる》を握っているからだし、この金の蔓をはなさないためには、かなり荒い体の稼ぎもしなければならないわけだった。すると自分の体にはもう恐ろしい病毒が廻っているのだろうか。そういえば……と、彼女はいつか読んだ「恐ろしき梅毒の話」という新聞記事を思い出したりして、いっそう暗い気持ちになったりするのだった。……

「やあ、お待ちどう、さあ行こう」

「あ、四郎ちゃん。大変なお荷物ね。少し持ってやろうか」

「いいよ、いいよ。着物を汚すといけないよ」

両方の手に、氷とシトロンの瓶を放り込んだバケツをぶら下げたキャプテン四郎という、有名なブラックリストの後について、エマ子は熱い砂の上に下りて行った。海も砂も菌《きのこ》のようなビーチパラソルもきらきらのようにかあっと燃え上がって、その強烈な色彩に今にも眩暈《めまい》がしそうな気がしたが、キャプテン四郎が傍にいてくれるおかげで、内々恐れていた発作も起こりそうになくエマ子はほっとした。

「エマ。その後病気はどうだい」

「ええ、相変わらずよ。実はさっきも起こしかけてたところなの」

「あ、道理で妙な顔をしてると思った。もう大丈夫かい」

「うん、あんたの顔を見たとたん治っちまったわ」

「ほほう、そりゃ妙だね。俺の顔にそんな効能があるたア知らなかったよ」

「ううん、あんたに限らないけど、誰でも知ってる人を見ると、急に気丈になって、そうすると、途端にけろりと治っちまうのよ」

「随分妙な病気だが、なんしろ早く快《よ》くなっておくれよ。エマがそう意気銷沈《しょうちん》してちゃ面白くないからね」

「あたしもそう思ってるんだけどねえ。——時に五月《さつき》さん来てる？」

「うん、来てるよ。みさ子も一緒だ」

「そうオ」

　エマ子は何気なくそう言ったが、その途端きらりと眼を光らせて唇をかんだ。

「おうい、持って来てやったぞオ」

その時、ふいに四郎が大声で怒鳴ったので、ふと眼をあげてみると、見覚えのあるアザミ・バーの派手なビーチテントの下で、丸くなって寝そべっていた青年たちが、こちらへ手をあげて一緒にうわっと鯨《とき》波の声を上げた。

　エマ子はそれらの青年の向うに、逞《たくま》しい体つきをした五月が、水着の上にパジャマを羽織って、パイプを吹かしているのを見ると、思わずちょっと耳の付根を染めた。みさ子の姿はどこにも見当たらなかった。

「やあ、エマも一緒か。よく来たね。おい、誰か、エマにも一杯シトロンを御馳走《ごちそう》してやれよ」

「よいとしょ」

あちらこちらでもシトロンを抜く音がシュウシュウと景気よく聞えた。エマ子はたくみにその中をくぐり抜けると、

「こんにちは」

と、五月のそばへ腰を下ろした。

「よく来たね。顔色も少しいいようじゃないか」

東京の銀座裏にあるアザミ・バーという、あまり素人を寄せつけぬ酒場を根城に、いつの間にかアザミ組という、警視庁のブラックリストにも載っている与太者の団隊。その団長格だけに五月という男はさすがに落ちつきもあり思いやりもあるという風だった。

「ええ、ありがとう。だけど駄目ね、まだ……」

「やっぱり起こるのかい、例のが……」

「ええ、この頃はいっそうひどいようなのよ。あたし、なんだか、このまま気が狂ってしまうのじゃないかと思って……」

「馬鹿な、その弱気がいけないのだよ」

「だってね」といいかけてふと気がついたように、

「みさ子さんは？」

「なんだか学校友達に会ったとかいって、向うの方で泳いでいるよ」

「お楽しみね。この頃は――」

「何を馬鹿な！」

「だって」

「うるさいばかりだよ。あんな女」

「そうでもないでしょう？」

「相当なもんだね」

突然シトロン組の一人が頓狂《とんきょう》な声をあげた。

「神経衰弱も何もあったもんじゃないね。来るといきなりあれだから、こちとらシトロンも冷めちまわあな」

「おい、みんなもう一度潮で面でも洗って来ようや」

ばらばらと河童《かっぱ》達が砂を蹴って立ち去った後には、氷につけたシトロンの瓶が三四本と、エマ子と五月の二人だけが取り残された。五月は苦笑いをしながらパイプを詰めかえている。

「あなた、もう入らないの」

「うん、俺やもう止そう。それよりこの頃、いっそう具合が悪いというなア。どういう調子なんだね」

「なんだかとってもあたし、怖くなることがあるのよ。夜なんか眠っててね、ふと眼を覚ますことがあるでしょう、すると、向うの壁にじっと大きな眼が浮いているのよ。眉毛《まゆげ》なしの、ただ——そうね、二尺ばかりもあろうかと思われる大きな眼なのよ。それが凝《じ》っとこちらを見てるんだけど、あっと思って起き上がろうとすると、その途端消えちまってるのよ」

「馬鹿馬鹿しい、そりゃお前さんの妄想だよ。そんなことをくよくよ考えてるから、余計に悪くなるんだ」

「ええ、あたしもそう思ってるんだけど、それが一度や二度ではないのよ。毎晩のように、しかも眼だけならいいのだけれど、手だの足だの首だの胸だのと、それこそまるでバラバラ事件みたい、ほんとにぞっとすることがあってよ。——あたし、こんな幻ばかり見続けていたら、今にきっと発狂してしまうに違いないと思うわ」

五月は憫《あわれ》むようにじっとエマ子の顔を見た。睫《めじり》の長い、鳶色《とびいろ》の眼がガラスのように乾いて、何かしら憑《つ》かれたもののような物凄《ものすご》さを帯びている。気狂いになりかけている女の眼というのは、こういうのじゃないかしら。五月はぎょっとしたように眼を反らしながら、

「なんだね。エマもいっしょにここのキャンプへやって来たらどうだね。そうすりゃ、気

がまぎれてかえってよくなるかも知れないぜ」

「だってね」エマ子は口籠《くちごも》りながら「あたしがいちゃ、邪魔になるでしょう」

「なんだ。またみさ子のことか。ありゃなんでもありゃしないじゃないか。だってこんなに大勢いるのに何ができるもんか」

「だって、男と女じゃ違うわ。みさちゃんにとっては百人の男より一人のあたしの方が邪魔っけなのはわかりきってるわよ。あたし、やっぱりアパートにいた方がいいわ」

「そりゃ、お前の好きなようにした方がいいが……」と、五月は憤《おこ》ったように言ったが、すぐ思い直したように、「しかしエマ、お前例のものは大丈夫かい」

「ええ、今日それでお願いに来たの。なんしろ、五月から、こっち全く稼ぎなしでしょ。ここんとこへ来てまた急に入費がかさんだりして、少々ならず御難なのよ」

　五月はそういうエマ子の顔をじっと見詰めていたが、なんとなく哀れっぽくなってあわてて視線を反らしてしまった。わずか十六や十七の身空で、どこのお姫さまお嬢さまにも劣らぬ縹緻《きりよう》を持ちながらなんの因果でこんな口の利き方をしなければならないのかと思うと、急にものの哀れというものを感じた。

「そりゃいいよ。アザミのおかみさんところ手紙を出しておくから、あすこへ行っていくらでも要るだけ借りて使うがいい。しかしエマも、今度体がよくなったら今までみたいな無茶はしないことだね」

「ええ、あたしもそう思ってるの。今度は真面目にやるわ」

「そうそれが何より第一だ。今度の病気だって言っちゃ悪いが、この春エマが酷《ひど》いことを欺《だま》した外人があったね。ジョンソンとかなんとか言ったっけな。お前に欺されて金を費《つか》いこんだ揚句、ピストル自殺をした奴があったが、みんなあいつの祟《たた》りだと、かげじゃ言ってるぜ」

「そんなことはないわ。そりゃあたしのことだって少しは関係があるかも知れないけど、他にももっと重大な原因があったのよ。だけどあたし、あれにはもう懲り懲りしたから、これからはなるべくあざとい真似は止《よ》すことにするわ」

そういいながら、ふと燃え立つ砂の方へ眼をやったエマ子は、突然うわっと叫んで、ビーチ・ソファのうえに顔を伏せてしまった。

「どうした、どうした、エマ、一体どうしたというのだ？」

「あそこへみさちゃんが……」

「みさ子が？」

なるほどみさ子が、誰かにエマ子の来ていることを聞いたとみえて血相かえてやってくるのが見えた。

「みさ子が来たってそう驚くことはないじゃないか」

「だって、だって、体中血だらけになって……」

「みさ子が？　体中血だらけになって？　馬鹿馬鹿しい。みさ子はあの通りピンピンしてやって来るじゃないか」

「嘘！　嘘！　体中血だらけになって、ポタポタと血の滴が垂れて……」

エマ子はソファにかじりついたまま、駄々をこねるように首を振っている。なるほど、みさ子の真赤なビーチスーツからはポタポタと潮《うしお》の滴が垂れているが、それが血に見えるとしたら、エマ子の病気はよほど悪いに違いない。

「大丈夫だよ、大丈夫だよ。みさ子はどうもしやしない。ピンピンしてるよ」

五月はいたわるようにエマ子の肩に手をかけたとたん、みさ子が嫉妬《しっと》に狂うような眼つきをしてテントの中へ飛び込んできた。

「五月さん、エマが来てるんだってね」

「うん、なんだかまた例の病気が起こったらしい。少し介抱してやったらどうだ」

「馬鹿馬鹿しい。時と場合によってうまい具合に起きるそんな都合のいい病気に、介抱なんかいるもんか」

みさ子が仁王立ちになったいま、吐き出すように罵《のの》る声をききつけたとみえて、エマ子がぼんやりと放心したような、半ば憑かれたような顔をあげた。

「あら、みさちゃん――じゃさっきのはやっぱり幻だったのかしら」

エマ子が深い溜息《ためいき》をつくような調子で呟《つぶや》いた。その気味悪い言葉の調子には、さすがのみさ子も五月も思わずぶる、ぶると体を慄《ふる》わせたということである。

この時エマ子が、血だらけになったみさ子の幻を見たということと、彼女の極度の恐怖症とが、これからお話しようとする、この理由《わけ》の分らない白日の悪夢のような物語に大きな関係を持っているのだから読者諸君は忘れないように記憶していていただきたい。

二

鎌倉から帰ってきてからも、エマ子の状態は一向よくならなかった。

五月の好意でアザミ酒場からとどけられたお金のおかげで、近頃では身のまわりのものに不自由するようなことはなかったが、それがかえっていけなかった。彼女はあればあるにまかせて、ウイスキーだのブランデーだのという強い酒を買い込んでおいて、例の発作が起こりそうになると、アダリンをボリボリ齧《かじ》りながら酒を呷《あお》っているものだから、この頃ではもうちょっとでも酒の気がきれると、心細くて心細くて仕様がなかった。

こんな状態だから病気はますます悪くなる一方で、外出中に少しでも酒がさめてくると、忽《たちま》ちぶっ倒れそうな恐怖を感じるし、アパートに寝ていればいるで、始終いやな、気味の悪い幻想ばかり見続けていた。

言い忘れたが彼女の住んでいるアパートというのは、渋谷の駅から十分ぐらいの距離の、堂々たる三階建てだった。彼女はそこの二階の角の部屋を占領しているのだが、部屋の中は始終風が吹き通していて外から考えるほど暑くはなかったので、エマ子はそれをいいことにして、殆《ほとん》ど一日中、裸体に近い恰好《かっこう》でベッドのうえに寝そべっては、うつらうつらと不思議な、阿片《アヘン》中毒患者のような夢をみていた。

バラバラにされた手や足や首、醜いほど拡大された厭《いや》らしい唇、毛むくじゃらの脚を伸ばして、のっそのっそと天井を這《は》い廻《まわ》っている気味の悪い蜘蛛《くも》、それらの幻の果てには、彼女はきっと、鎌倉の浜で見たあの血みどろのみさ子の幻を見るのだった。

エマ子は今考えてみても、あの時の恐ろしさを忘れることができない。ゆらゆらと陽炎《かげろう》の中に揺れている夥《おびただ》しいビーチパラソルの中から、ふいにうわっと飛び出してきたみさ子の血みどろの姿。――エマ子には実際そうとしか見えなかったのだ。いつか芝居で見た小《こ》幡小平次《はだこへいじ》のように、斬《き》られても突かれても執念深く沼の中から這い上ってくる恐ろしい形相――不思議なことだがあの時のみさ子の姿がエマ子にはそんなふうにしか見えなかったのだ。

エマ子はうつらうつらとそんなことを考えているうちにふとまた、別な恐怖に襲われたりした。自分はこうしてだんだん気が変になってゆきつつあるのではなかろうか。何もかもこれは発狂の前兆かもしれない。エマ子はふと自分が発狂してみさ子をずたずたに斬りさいなんでいる、幻を見た。そうだ、もし自分が発狂して人を殺すとしたら、たしかにその犠牲者はみさ子に違いない。自分は死ぬほどみさ子を憎んでいるのだから、この病気さえなかったら今までにすでに、みさ子をなんとかしていたに違いない。

こうしてエマ子の恐怖症状はしだいに激しくなってゆくようであった。そしてしまいには自分が、人の血に飢えてはあはあ鼻を鳴らしている狂犬でもあるかのような奇怪な錯覚にとらえられたりした。

ところがこうした極度まで昂進《こうしん》していたエマ子の恐怖症が、ふとした機会からケロリと治ってしまったのだから不思議ではないか。もっともその代り今度は東京の全市民を驚かすような、なんとも名状しがたい妙な事件が起こってきたのだけれど。

ある夕方、エマ子は厄介になっていたアザミ酒場のマダムに一度も挨拶《あいさつ》にいってないことを思い出して久しぶりに渋谷《しぶや》のアパートから出かけた。だいたいそういう殊勝な心掛けを起こすだけでも、その日エマ子の気分がいかに朗らかだったか分るだろう。久し振りに美しく化粧して外へ出てみると、ようやく秋の色をおびて来た空といい、街の粧《よそお》いといい、なんとなく物珍らしく思われて、一時は自分の病気のことも忘れてしまうくらいだった。彼女は身も心も軽々としたように、新橋で降りると颯爽《さっそう》と久し振りの銀座を突っ切って狭い横町にあるアザミ酒場のガラス戸を押した。

「マダム、いて?」

まだ時間前のこととて客は一人もなく、顔馴染《なじ》みのない女の娘《こ》が一人、つくねんと狭い椅子に腰をかけていた。

「ええ、いらっしゃいます。あの……」

女の娘《こ》はエマ子の美しい姿を眩《まぶ》しそうに見とれながら、あわてて立ち上がろうとしたが、その前に奥の扉がひらいて、化粧最中だったらしいマダムが半身を覗《のぞ》かせた。

「まあ、エマじゃないの。珍らしい。もう体の方はいいの？」

「ええ、おかげ様で少しは。……もっと早く上がらなければならないのに、病気をかこつけにすっかり勝手しちゃって……」

エマ子がきっちりと腰を下げるのをマダムは遮りながら、

「そんなことはどうでもいいわ。それよりこちらへお入りな。少し話もあるから暑いけど我慢して頂戴《ちょうだい》」

そこはマダムの居間兼女給の化粧部屋ともいうべき部屋で、狭苦しい中に鏡台だの化粧道具だのがごたごたと取り散らかされてあって、その中にぶんぶん音を立てている扇風機が、ほろ温く空気を掻き廻していた。マダムは双肌《もろはだ》ぬぎになって鏡に向いながら、

「こないだ鎌倉へ行ったってね」

「ええ、とんだ醜態を演じちゃって恥をかいちゃったわ」

「本当にね。五月さんの手紙で読んだのだけど、始終そんな発作が起るようじゃ困るわね」

「ええ、でもあの時のは特別なのよ、マダム、いつもはそれほどでもないのよ」

「そうオ。それにしても妙な病気ね。どちらにしろ早く治ってもらわなきゃ。エマのいない銀座なんて淋《さび》しくて仕様がないわよ」

マダムはやっと化粧を終わると、初めてエマ子の方に向き直りながら、キャメルを一本器用に口で抜きとりながら、

「どう?」

と、エマ子の方へ差し出した。エマ子は遠慮なく一本抜きとりながら、

「マダム、そいで用があるってなんのことなの?」

マダムはすぐにはそれに答えないで、エマ子の煙草に火をつけてやると、自分もふっと煙を吐きながら、つくづくとエマ子の顔を見ていたが、やがて感歎《かんたん》したように言った。

「エマは相変わらず美しいね。そうしてりゃまるで病気とは見えないじゃないの?」

「いやなマダム。――でも、少し痩《や》せちゃったでしょ?」

「そうね、そういえば少し……だけどそれでいっそう綺麗《きれい》になったわよ。ねえエマ、あんた本当にその縹緻《きりよう》でぼんやり遊んでるなんてもったいないじゃないの」

エマ子はその言葉で直ちにマダムの意中を推察することができた。彼女が初めて仲間でいうところのツルなるものを捕えたのも、やはりマダムの周旋だったが、その時マダムが彼女を口説くに用いた言葉が、ちょうどこれと同じだった。それ以来彼女は、幾度かこの

マダムの周旋する男の世話をうけ、金を浪費し、その揚句には喧嘩《けんか》別れして、そしてまたこの言葉を聞いたことだろうか。

「ええ、だってもう少し体がよくならなきゃ……」

エマ子は言葉を濁しながらも、できることなら早くそうなりたいと考えていた。他人から融通された金で養生をしていたってちっとも面白くないし、それに第一浪費家で虚栄家のエマ子は、いつもあり余っている金を懐にしていなければ淋しくて仕様がないのだった。

「だって今見たところじゃ少しも病気らしいところは見えないじゃないの」

「ええ、そうなの。だからあたし我儘《わがまま》を言ってるようにみえて苦しくって仕様がないの。だけどまあ、その話なら九月になるまで待って頂戴よ」

「そうオ。それじゃ仕方がないけれど、ねえエマ、あたし、何もあんたに金を貸すのがいやでこんなこと言うのじゃないのよ。だけどあんたもわざわざ鎌倉くんだりまで体の悪いのに出かけて行ってさ、五月さんの言葉添えでやっとあたしに借金を申込むほど困っている今の身の上でしょ。あたしそれがいじらしくって、少しでも体がいいのなら……と思って見立てておいた人があるんだけど……」

マダムはやや不平そうな調子でそんなことを言いながら、シミーズ一枚の変な恰好で表の方へ出て行ったが、

「エマ、お前さん何がいい？　いいシェリーが来ているのだけれど……」

「ああ、マダム。御馳走《ごちそう》して戴《いただ》けるなら、あたしもっと強いのがいいわ」

「そうそう、エマはブランデーがよかったのね」

マダムが持って来た酒を御馳走になっているうちに、エマ子は例によってだんだん胸の不安を吹き払われていったし、そうなると急に好奇心も動いてきて、彼女はきらきらと眼を光らせながらマダムの顔を甘えるように覗きこんだ。

「マダム、そいで相手の男ってどんな人?」

「エマはそれだから厭《いや》さ、男の選《よ》り好みがはげしいのだからね」

「だってあたし、みさ子さんみたいなわけにはいかないわ」

「そりゃまあ、そこがエマのいいとこだけど、このマダムの見立ててあげた男に、今まで厭な奴があって?」

「そういえばそうね。じゃあたし、話だけでもうかがっておこうかしら?」

エマ子は強い酒とマダムのうまい口に欺《だま》されて、いっそマダムのいうように面白おかしく稼いでいたら、かえってあの厭な病気なんか吹き飛んでしまうかも知れないと考えたりした。マダムは早くもその気持ちを察したものか盛んに酒をつぎながら、

「じゃ、まあともかく話してみるからよく考えてごらん。相手は外国人なんだけど、とてもあんたに執心でね」

「あら、じゃその男あたしを知ってるの?」

「そうだってさ。どこかであんたと踊ったことがあるんだってさ。無論あんたは覚えちゃいまいが、それ以来とてもあんたが気に入ってね、方々探し廻《まわ》った揚句やっとここのなんだということを発見したってね、四五日前にやってきて、ほら、こんなにたくさんの金を預けていったのよ」

マダムはそう言いながら、あたりを見廻しておいて素速く机の中を開いてみせた。

その中には折目もない緑色の紙幣の束が、ずっしりとその重みを見せていたのでエマ子は思わずまあと眼を輝かせた。

「だけどあたしは外人はどうかと思うわ」

「いいじゃないの。あんたこの春のジョンソンのことを考えているのだろうけど、あんな奴たアとても人柄が違うわよ。それにあたしエマはやっぱり日本人より外国人むきだと思うのだけれど……」

エマはそれを聞いているうちに、だんだんマダムの言葉に引き摺《ず》られてゆく自分を感じた。

外人はどうかすると、こすっからくて吝《けち》な奴が多かったが、その代りうるさい引っ係りがないので、エマ子のような我儘《わがまま》な女には好都合なところも多かった。

「そこでマダム、その人なんて名なの」

「名前？　名前のことはよく聞いておかなかったのよ。まあお聞きなさいよけっしてうっかりしてたわけじゃないのよ。この前の火曜日かにその男がきてね、そんな話の揚句、名前のところはしばらく待ってくれ、その代り名刺代りにこの金を預けとくというので、これだけ預けていったのさ。それから水曜木曜とつづけざまに聞きに来たんだけど、何しろあんたの方がはっきりしないんでしょ。さすがの外人も業を煮やしたのか、自分は忙がしくってそう毎晩ここへ訪ねてくるわけにはいかない。明晩からは自分の代りに運転手をよこすからなるべく早く片をつけてくれというわけで、それ以来毎晩運転手が代りに聞きにくるのよ。今晩だってもう来る時分だと思うわ。ねえエマ、あんたどうする？　これだけの金を眼のまえに見ながら、みすみす諦《あきら》めちまうのも随分勿体《もったい》ない話じゃないか」

「まあ、そいじゃ今夜早速話をきめなきゃいけないの」

「まあね。今まで随分焦《じ》らしてきたんだからね」

エマ子は手を伸ばしてマダムの抽斗《ひきだし》から紙幣束を取りあげた。大きな緑色の紙幣は指で弾《はじ》くとびんびんと鳴った、マダムと山分けにしても二百五十円、これだけあればともかくも秋までつなげる、それに病気だって酒の気があれば抑えることができるし、いっそこの話乗ってみようかしら……と強い酒の勢いで麻痺《まひ》しかかっている脳髄が、とつおいつそんなことを考えているところへ、さっきの女の子が顔を出した。

「マダム、またいつもの運転手さんがやってきたんですけれど……」

三

その晩おそく、エマ子はぐでんぐでんに酔っ払ったまま、まるで荷物のように自動車の中で揺られていた。というのは、彼女はひどく酔っ払っているばかりでなく、手足をしばられ、おまけにこの暑いのに眼隠しまでされているからであった。エマ子はがたんがたんと自動車が揺れる度に、方々へ体をぶっつけながら、その度にゲラゲラと気狂いのように笑っていた。

「ちょいとオ、運転手さん、一体あたしをどこまで連れてゆくのよオ。もういい加減にしゃべっちまったらどう？　うっふ。あたしもいささか気まぐれが過ぎたようよ。この眼隠しをとってよ。暑くてかなわないわ」

運転手はしかし無言のまま振り返りもしなかった。

「ちょいとオ、運転手さんてば、そんなに真面目くさった顔をしないで、こちらをお向きよ、馬鹿ねえ、あたし、暑くって、苦しくって……」

それでも運転手は黙っている。自動車がひどいぬかるみの中へのめり込んだと見えて、二三度はげしくジャンプした。体の自由の利かぬエマ子はその度に方々体をぶっつけては顔をしかめた。

だいたいが不思議な取り引きだった。相手の外国人というのが、なるべく身分を知られたくないという理由でエマ子に眼隠しをしてくることを求めたのだった。エマ子はもうその時分ひどく酔っ払って楽天的になっていたのと、アザミのマダムが何もかものみこんでいるらしいのに安心していたのとで、一も二もなく承諾してしまった。かえってその秘密めいた、犯罪めいた提言が、酒に麻痺した彼女の脳髄にはいっそ面白く感じられたのだった。それにまた考えようによっては、それほど自分の身分を隠したがるところを見るとかなりの地位にある人間かも知れない。もしそうでなかったとしてもどっちみち金は先にとってあるのだし……と、利にさといエマ子はとっさの間にそんな勘定も忘れていなかった。

「運転手さん、まだなの、随分遠いのね」

酔っ払っている上に、眼隠しをされているエマ子は銀座を出てしばらくの間はどうやら方角が分っていたものの、今では皆目どの辺まで来ているのやら見当もつかなかった。なんだか同じところをぐるぐる廻っているような気もするのだった。

「もう少しですよ。もう少しのところですから辛抱して下さい」

運転手がそういった途端、自動車がガタンと何かにつき当って大きく動揺した。

「畜生！」

運転手はあわててブレーキを入れながら、

「あんなところへ、看板を倒しときやがる」

運転手はぶつぶつそう言いながら、車から降りると看板を起こしにかかった。

「なんだ、羽田歯科医？　ふふ、歯医者の看板か」

運転手がぶつぶつ言いながら外で働いている間にエマ子は眼隠しをされたままの眼でぼんやりと窓の外を見ていたが、その時彼女はふと、ルームライトではないもっと別の光が外から差し込んでいるのに気がついた。その光は窓のすぐ外にあって高さもちょうどエマ子の眼の高さにあった。よく電柱などにとりつけてある電灯にしては位置が低すぎるし、門灯にしては場所が変だった。今まで走ってきた真っ暗な道路を考えると交番でもありそうな場所だがと思ったが、それにしては人気がない。なんだろう？　なんのために人気もないこんな場所に灯《あかり》がついているのだろうと、エマ子は黒い眼隠しの裏から一心に外を眺めていたが、そのうちにようやく暗い、ぼんやりとした輪郭をとらえた。

「ああ、自動電話だわ」

彼女はそう分るとほっと安心した。なるほど自動電話なら何も不思議なことはない、エマ子がそんなことを考えているうちに、運転手が乗り込んだのか、ふいに自動車がぎいと動き出した。なんだかひどく道が凸凹《でこぼこ》しているようだったが、自動電話のところでカーヴをすると、のろのろと二丁ほど走って、それから左へ曲ると、また二三丁ほど走ってそれから左へ曲るとまた二三丁ほど走ってそこでぴったりと車は止まった。

「さあ、来ましたよ。少し苦しかったでしょう？」

「苦しいも何も、早く綱を解いてよ。ほんとに人を馬鹿にしてるわ」

運転手は手早く、手と足との縛《いまし》めを解いてくれた。

「おっとと、眼隠しはまだ。インチキをしちゃいけませんよ」

「だってこいつ、暑苦しくて仕様がないわよ。ほらこの汗……」

エマ子がうったえるようにいうのを、運転手は慰めながら、

「何、玄関までの辛抱ですよ。中へ入ったらすぐとってあげます」

運転手に手を引かれたエマ子は固い敷石を踏むとついで一段二段三段と木製の階段を上がった。その時エマ子はふと眼隠しの下から、階段の隅が半月型にくってあって、そこに唐草模様のようなものが彫ってあるのを見た。

「さあ、こちらへお入りなさい」

運転手は鍵《かぎ》をガチャガチャいわせながら、玄関の扉をひらくとエマ子の手を引いた。玄関の中は真っ暗だったが、エマ子は扉がひらかれた瞬間、なんともいいようのない放香に鼻をつかれた。それは香をたくような匂いだったが、香にしては匂いがあまり強すぎるし、場所からいっても変だった。

「あら、あれ、なんの匂い？」

「はてね。まあいい、こちらへいらっしゃい。私はあなたをここへお連れしさえすればいいのだから」

運転手に手を引かれたエマ子は廊下を通って奥まった一室に連れ込まれた。なんだかとても暑苦しい部屋で、おまけに例の匂いがいよいよ強くなって頭が痛くなりそうだった。

「ねえ、もう眼隠しをとってもいい？」

運転手に訊《たず》ねてみたが返事はなかった。どうやらこの部屋から出て行ったらしい。

「チェッ、人をおいてけぼりにしといて、どうする気だろうねえ」

エマ子は構わず眼隠しをとってあたりを見廻《みまわ》していたが、なんとなく妙な気がして思わず部屋の片隅に立ちすくんでしまった。部屋の中の灯は消えていたが、片隅にきった大きな炉の中に、この暑さにもかかわらず、かっかと石炭が燃えさかっているので、どうやらあたりの気配を見ることだけはできた。

かなり贅沢《ぜいたく》な、上品な趣味に包まれた部屋だった。けれど、それにしてもこの煖炉《だんろ》の火はいったい何を意味するのだろう。いかに南方に育った人間とはいえ、まさかこの八月の最中に煖炉の火が部屋を温める目的でたかれているのではない証拠に、あの強烈な放香はこの煖炉から発しているのである。真夏の夜に煖炉をたいて、香をたいて。……

それはまあいいとして、運転手がいなくなってから大分時間がたつのに、誰もやって来る者がないのはどういうわけだろう。気のせいか、耳をすまして聞いていても、この家はまるで無人の邸《やしき》のごとく、ことりとも音がしない。

エマ子は酔った頭ながらもだんだん無気味になってきて、一歩一歩部屋の中心から後退《あとずさ》りをしてゆくうちにふと扉の把手《とって》が手に触ったので、大急ぎでくるりと振り返るとその扉を開けた。その途端、エマ子は今度こそ自分は気が狂ったに違いないと信じた。彼女の開いた扉は廊下の方へ通ずるのではなくて、その部屋の隣にある浴室への入口だったが、その浴室の中の光景こそ、この頃絶えず彼女を悩ましている幻影とはなはだ似ているのだった。

白い大きな浴槽の中に一人の女が死んだように横たわっているのだ。顔は向うを向いているのでよく分らなかったが、こちらへ向いた片手が浴槽《バス》の外へだらりと垂れているのだが、その弾力のある肉づきからして、まだうら若い女だと察せられた。乳から上の白いぬめぬめとした肌、湯の中からかすかに見える肉づきのいい太股《ふともも》、腹、美しい爪先《つまさき》。——

エマ子は幾度も幾度もこんな姿勢で死んでいる女の幻をみたことがあるような気がした。それが今現実に眼の前にあるのだ。いよいよ自分は気が狂ったのだろうか。そして気が狂って幻影の中に生きているのだろうか。

その時カチと鋭い音がしたので、振り返ってみると部屋の中が急に明るくなって、その中にとても見上げるほど背の高い外国人が立っていた。エマ子はそれでやっと自分が気狂いになっていないことを知ったが、しかし、それと同時に今度はもっともっと恐ろしい現実的な恐怖に直面しなければならなかった。

外人はにやにやしながら、それでも今にも跳びかかりそうな姿勢で油断なくエマ子の様子を窺《うかが》っている。エマ子はバタンと扉をとざすと肩をゆすぶりながら相手の側へよって行った。エマ子だって必死の場合なのだ。なるべく相手を憤《おこ》らせないように機嫌をとって、この場合を切り抜けなければならない。

「今晩は――?」

エマ子が言った。

「今晩は」

外人がにやにやしながら腰をかがめた。

「とにかく何か話しましょうよ。ね、それにしてもこの部屋は暑いのね。それにこの匂いったらたまらないわ」

外人はふいにぐっとエマ子の肩をつかむと、乱暴に、まるで犬を追うように隅っこのソファへ彼女を突きやった。

「まあ、ひどいことするのね」

エマ子は必死だ。わざと作ろうとする笑顔が途中で強張《こわば》って今にも泣き出しそうな顔をしていた。

「娘さん、何を心配しています。隣の部屋の女のことですか?」

「ううん、そんなことどうでもいいじゃないの。さあ遊びましょうよ。あんた、酒はどこにあるの」

「駄目駄目。あなたどんなにはしゃいでも、声が慄《ふる》えている。ねえ、隣の女のことならなんでもない。すぐ片をつける。あなた、エマ子さんといいましたね。エマ子さん、この部屋の煖炉——なんのためにこんなにたいてあるか知っていますか」

エマ子はふいに真蒼《まつさお》になった。

「ははは、あなたは利口です。すぐ察しがつきましたね。そうです。お察しの通り、あの女の死体を焼くためです。この香の匂いは死体を焼く匂いを消すためですよ」

エマ子は棒を呑《の》んだようにソファの上で体を固くしていた。外人がふいに毛深い大きな手でむんずとエマ子の肩をつかんだ。

「ほほう、美しい肌あなたの肌本当に美しい。ああ、あなた慄えていますね。何も心配することはありません。わたくし美しい女好きです。美しい女に危害を加えるようなことはありません。——しかし、少し飽きっぽいのですがね」

エマ子はぶるぶると肩を慄わせた。あの浴槽の中に横たわっている女も、きっと美しい女だったのだろうが今ではもうなんの興味も起こさせないほど飽かれてしまったのだろう。

「ねえ、そうでしょう。子供というものは誰でも新しい美しい玩具《おもちゃ》をほしがります。そして新しい玩具が手に入る度に古い玩具を毀《こわ》してしまいます。わたくしはちょうど子供です。古い玩具はみんなこの煖炉で焼いてしまうのです。誰も知りません。皆はわたくしを大へん香の匂いの好きな人間だと思っています。だが、そんなことはどうでもよい。あなたは今夜の美しい花、さあ面白く遊びましょう」

エマ子はふいに大きな重い肉体が覆いかかってきたので、あわてて逃げようとした。しかし、逞《たくま》しい外国人の腕はエマ子の手をとらえて離さない。エマ子の顔の上に大きな眼と隆《たか》い鼻と、真赤な気味の悪い唇が迫ってくる。エマ子はそれに対して必死になってもがいていた。そしてもがきながら、だんだん気が遠くなっていった。……

……エマ子の意識が遠くの方から次第に戻ってきた時、彼女の顔の上にはやっぱり一つの顔が重なっていた。そして、強い逞しい腕が彼女の腰を抱いていた。だから彼女はてっきり先刻《さっき》の続きだと思って、悲鳴をあげて飛びのいた。

「どうしたのです。エマ子さん。僕ですよ。井手江南ですよ」

そう言われてエマ子は眼をパチパチさせた。なるほど、彼女の唇を盗もうとしていた不都合な男は、同じアパートに住んでいる、自称探偵小説作家の井手江南という男だった。

彼女はあわててあたりを見廻した。そして第一に気がついたのは、彼女が自動車の中にいること、しかもその自動車はちゃんと彼女の住んでいる渋谷アパートの裏手に止まっていること。そして時刻がどうやら朝であるらしいことだった。

「おかしいな、エマ子さん、狐にでもつままれたのかい？　僕が今散歩に出ようと思って出てくると、運転手も誰もいない自動車の中に、エマ子さんが一人眠っているんだろ。不思議に思って揺り起こそうとしたら」

「まあ！」エマ子はあわてて自動車を降りようとした。その途端彼女はくらくらとして思わず江南の腕の中に倒れかかっていった。

今度こそ本当に気が狂ったに違いない。そう考えたとたん、天も地も一緒になってくるくると廻転《かいてん》するような気がした。それと共に何かしら酷《ひど》く厭《いや》な匂いがぷんと彼女の鼻をついて、エマ子は今にも嘔吐《もど》しそうな気持ちがした。

四

せっかく病的な恐怖症から解放されて気分のよかったのもただの一日で、エマ子はまたもや理由《わけ》の分らない極度の恐怖にさいなまれなくてはならなくなった。

それが恐ろしさに、金のあるのをいいことにして、彼女は終日強烈な酒の壜《びん》を離さなかった。井手江南はときどきそれを見るに見かねて、散歩に誘ったこともあったが、自分の部屋を一歩でも踏み出すことが、今の彼女には素手で敵陣に乗り込む以上に恐ろしかった。狭い暑苦しい一室でも、アパートにいる方が、壁という城塞《じょうさい》が四方にめぐらされているだけでも、少しは安心ができたのである。

そしてエマ子は前のように、阿片《アヘン》中毒患者のように血みどろな夢に苦しまされなくてはならなかった。いくら酒を飲んでも酔いは醒《さ》めることがある。いくら睡眠剤を服《の》んで眠っても眠りは覚めることがある。そうしたときにはたちまち悪魔は襲って来て、またしてもバラバラになった手や足や首などを、あたかも不思議な幻灯のように、彼女の前に見せるのである。

それも今度は、ただバラバラの手や足や首というだけのものでなかった。手はあの無気味な異人屋敷で見た、煖炉《だんろ》の中でジュュュュッと微《かす》かな音をたてながら燃えていた腕になり、足は同じ家の浴槽で見た血のけの失せた蠟《ろう》のような太股に……すべては前よりいっそう現実感を伴って、彼女のすでに虐げ抜かれた脳髄を、これでもかこれでもかと鋭い針で一分一分と刺して来るように思われた。

そうかと思うと、子供の時分に楽しんで見た、色硝子《いろガラス》の破片の入った玩具の覗眼鏡《のぞきめがね》を見ているように、その一つ一つが見るみる一つの塊りになって、何かに似た形にだんだんなって行くと見ているうちに、いつぞや鎌倉で見た血まみれのみさ子になって来たりした。そして胸から腹へかけて、やがて全身血みどろになったと思うと、覗眼鏡をくるりと一廻転させたように、パラッと壊れて、もとのバラバラに返るのである。そして今度は、無気味な外人の笑顔が浮かんで、口だけが、歯を見せ、歯裏を見せ、やがてワーッとまっ黒になって、彼女の上におしかぶさって来る——。

エマ子が例の奇怪な異人屋敷に連れて行かれて三日目である。またしても同じ幻影に悩

まされていると、

「エマ子さん！　エマ子さん！」

すぐ耳もとで自分の名前の呼ばれる声に眼を覚ました。

「どうしたのです？　気がつきましたか？」

エマ子はパッチリ眼を開いたが、いまだに夢の恐ろしさから覚め切らない様子で脂汗でべっとり髪のついている額に右手をはっと上げると、胸をひどくはずませながら、今にも叫びを上げそうに口を大きく開いたのである。

「エマ子さん！　僕が分りませんか？　井手ですよ！」

「ああ！」

エマ子は初めてそれで正気に戻された。そしてしばらくじっと江南の顔を見ていて、頬の筋肉をヒクヒクさせると、突然ハラハラと涙をこぼした。

「どうしたというのです、エマ子さん。そんな気の弱いことでは駄目じゃありませんか」

エマ子は不覚に流した涙を慌ててふくと、二の腕で額の汗をふきながら、ベッドの上に起き直った。そして間の悪そうな笑顔を見せて、

「エマ子は馬鹿ね、ご免なさいよ。とてもまた恐い夢を見たんで、夢だと分ったときはとてもあたし嬉《うれ》しかったの」

「またみさ子が殺されたような夢を見たんでしょう？」

「ええ、でもそんな話はもうよしましょうよ。それよか――」

言いかけてエマ子は窓の方に眼をやった。あたりはすでにとっぷりと暮れていて、高台に立ったアパートからは点々として灯《ともしび》が見える。するとエマ子は微かに体を慄わせて、サイドテーブルのウイスキー罎に手を伸ばした。

「またウイスキーですか。いけません」

「でも、ほんの一口でいいの。そしたらあたし元気になれるんだから」

「では一口だけですよ」

エマ子は罎の口から貪《むさぼ》るように、一口飲んだ。

「さあ、これでいいの。いつからあんたは来ていたの？」

「今ですよ。部屋にいると、とても君が魘《うな》されている声がしたので、びっくりしてやって来たんです。もう大丈夫ですか？」

「ええ、大丈夫。今日もあんたは、あたしの連れて行かれた外人の家を探しに出かけたの？」

「勿論《もちろん》！」

「ところがまた駄目だったんでしょう？」

エマ子はつとめて元気そうな口をきいた。

「ところが、今日は成功でしたよ」

「成功って、――ではあたしが連れて行かれたあの外人の家《うち》のこと、矢っ張り夢じゃなかったって言うのね」

「ええ、とうとう僕は麴町《こうじまち》で、君の連れて行かれた怪屋を見つけたんです。僕が羽田《はねだ》という歯科医を目当てに探していたことは知っていますね。まず僕は電話帳を繰って調べた。そしたらたしかに羽田某《ぼう》という歯医者が神田にあった。しかし行ってみると、前に自動電話もなければ、その付近を探しても君が連れて行かれたような洋館もない。君はそこまで知ってるんでしたね。それで僕は、今日はわざわざ歯科医師会へ行って、羽田という歯医者が他にもあるか訊《たず》ねてみたんです。ところが麴町の三番町にもう一軒あったのです。それで僕は早速調べに出かけたんですが、その歯医者の前には、君が言った通りにたしかに自動電話があったのです。僕はひどく元気づいて、君が言った、自動電話のところを左へ曲って二三丁行って、また左へ二三丁行ったという大体の目当をたよりにして、そのあたりを虱《しらみ》つぶしに調べてみたのです。そしてどうやら、君が連れて行かれた怪屋らしい建物を発見したのです」

井手江南は得々としてそれまで喋《しゃべ》ると言葉を切ったが、エマ子は指先に器用に煙草を挟んだまま、じっと窓の外を見つめていて、なんとも言おうとしなかった。きっと彼女は、あの夜のいまだに生々しい記憶を思い返していたのだろう。煙草の灰が膝《ひざ》に落ちると、初めて彼女はわれに返って、

「その洋館からは、今日もいい匂いがしていまして？」

「いいえ、匂いどころか、まるで人はいなかったのです。近所で僕が訊ねてみますと、妙なことには、しばらく前から空家になってるということでした」

「空家に？」

「ええ、それも一二日前からでなくて、しばらく前から人が誰も住んでいないと言うのです」

「そんな変な話ってあるかしら」

「だから僕は、君を連れ込んだ外人というのは空家を勝手に借用して、秘密の快楽に耽《ふけ》っていたのじゃないかしらと思うんです」

「でも――勝手に借用していたとすると、堂々とあたしを乗せた自動車が、玄関に横づけになったのは変じゃない？」

「もっともです。その他、強い香料の匂いがしていたと君はいったが、近所を当ってみても、一人としてそれに気づいている者もないんです。しかし僕は空家というから庭に入ってみたんですが、玄関にはちゃんと君が言ったように、木の階段が三段あって、しかも君が眼隠しの下から見たという唐草模様が、階段の隅の半月型にくれたところに間違いもなく彫ってあるのを見届けたんです」

「妙ね。井手さんあたしをかついでんじゃないの？」

「どうしまして。かついでいると思ったら、僕といっしょに行って見ませんか？」

「行くって？――」

エマ子は怖ろしい言葉を聞いたように顔をしかめた。

「その怪屋にですよ。勿論。空家だって言いますから、僕はこれから出かけて行って、中を探ってみようと思っているんです。そして何か、君を連れ込んだという不思議な外人をとっ捕える手掛を探してこようと思っているんです」

どう説き伏せたか、あれほど外出を惧《おそ》れていたエマ子を、それから小半時もすると、江南は一つ自動車に乗せながら例の怪屋に向かっていた。かなり夜も更けた街を、車は相当のスピードで、青山から赤坂に出て麹町に入って行く。

乗るとき江南が麹町三丁目までと言ったので運転手は三丁目の電車の停留所までやって来ると、スピードを落として、

「どちらへ行くんです？」と後に訊ねた。

江南は左へと言って少し進ませてから、

「実はある家《うち》を訊ねて行くんだが、少し行くと左側に自動電話があるそうだから、そこを左へ廻《まわ》って二丁ほど行ってくれ」

すると運転手は不服そうに、

「自動電話のところを左へ廻って二丁ほど行くというと、大分後戻りをするんですね」

「そうなるね。しかしそんなふうに、自動電話を目標にして教えられたんだから、すまないがそうして欲しいんだ」

それから江南はエマ子の耳もとで、

「今に自動電話があって、羽田歯科医院と書いた看板が見えますからね」と囁《ささや》いた。

なるほど少し行くと自動電話のボックスがあった。車はカーヴを切るためにスピードを落としたが、この間は目かくしをされていて、今日はされていないという相違はあったが、たしかに同じ高さ同じ明るさに、エマ子の前を自動電話の光がスーッと流れて行った。ついで、羽田歯科医院と書いた白い看板が、それに代って眼についた。しかしそれも一時《ひととき》、車は警笛を鳴らしながら、横の道に辷《すべ》り込んだ。

「ね、あったでしょう?」

エマ子は黙って頷《うなず》いた。そして恐怖に満ちた眼で、じっと前を瞶《みつ》めている。

間もなく再び車はスピードを落として、

「もう二丁ぐらい来ましたが、どの辺です?」

と運転手はぶっきら棒な調子で言った。

「うん、もうこの辺でいい。すまなかった」

車から降りた二人は、赤いテールランプが見えなくなるまで黙って立っていたが、いよいよ見えなくなると、

「もう一度左へ折れたはずでしたね？」

と江南が言って、そしてすたすた、少し先を左に折れると歩き出した。すると間もなく左に当って、大きな洋館が見えて来た。

「あれです！」

エマ子が初めて見る洋館の外観は、なるほど空家なのか、どこにも灯影は見えないで、ただ大きな一つの塊に見えていた。しかしじっと眺めていると、夜明りで、それが木造の建物で二階の前面一杯に、露台風の長い廊下のついているのも朧《おぼ》ろげながら認められた。

エマ子が恐ろしいものを見るように、じっと洋館を眺めている間に、江南はそっと門を半分開いて、

「さあ入りましょう」と手を取りに来た。

エマ子は江南に手を引かれながら、漆喰《しっくい》塗りのドライヴ・ウェイを、この間の記憶をたどりながら進んで行った。そこはまだエマ子が車で運ばれていたところだった。

やがて二人は玄関の前に来た。

すると江南が小声で言った。

「よくご覧なさい。たしかに木製の階段は三段あるでしょう。そしてここには唐草模様がついています」

江南の言葉の通り、前にはたしかに木製の階段が三段ある。階段の隅に半月型にくられ

たところもある。そしてそこにはたしかに唐草模様が彫ってある。

エマ子はこの間連れて来られたときと同じ姿勢で、階段を一段二段と上がりながら眺めてみたが、位置もたしかに変りなかった。

ところがエマ子は、そうして階段を三段まで上がって、扉《ドア》に鼻をくっつけるようにして立ったときである。

「おやッ！」と言って、急に鼻をヒクヒクさせた。

そして急に後の江南にしがみつくと、

「匂いがする！　この間と同じ匂いがする！」と低く叫んだ。

「そんな馬鹿なことが！」

江南は否定していたが、すぐに鼻をヒクヒクさせて、

「本当だ！　香料のような匂いがする。では——」

そしてすぐに玄関の扉《ドア》の把手《ノッブ》に手をかけていた。

ところが不思議に、空家であるはずの家《うち》の扉《ドア》がすぐに開いた。

「おかしいですね。この分だと、たしかに中には誰かいますね。とにかく様子を探ってみましょう」

江南はそっと玄関の扉《ドア》を開けると、大分おじけづいているエマ子の手をとって、そっと暗い家の中に忍び込んだ。そして匂いがする方へと、足音を忍ばせながら近づいて行った。

やがて二人の前には扉《ドア》が見えた。

たしかに匂いはその中からする。

江南はそっと部屋の内を窺《うかが》ってから、なんの物音もしないことをたしかめて、徐々に扉《ドア》を開けて行った。先《ま》ず二人の鼻には、むせるような強い匂いが――この間エマ子が嗅《か》いだと同じ匂いが、襲って来た。ついで無気味な温気《うんき》が二人の体を包んだ。

も少し開けると、部屋の片隅の煖炉が見えた。しかもこの間エマ子が見たと同じように、煖炉の中にはかっかと石炭が燃え熾《さか》っていて匂いはそこから襲って来る！　部屋の中は暗くて人の影もない。

二人は憑《つ》かれたもののように、煖炉の方に近づいた。

「あっ！」

エマ子が低く叫びを上げた。

そこにはまたも女の腕が燃やされていた！

エマ子は狂気のようになって、すぐ側にある扉《ドア》を開けた。

パッと明るい電気の光が、急に彼女の目を眩《くら》ましたが、それにもまして彼女の両眼を眩ましたのは、まっ白な浴槽《ゆぶね》の中に、朱《あけ》に染って倒れている、見るも無惨な若い女の死体だった。顔は原形を止《とど》めぬまでに切りさいなまれている。

しかしエマ子は、二三歩後によろめくと、

「あッ！　みさ子さんが！」と叫びを上げた。

五

翌朝《よくあさ》の新聞は東京中に、一大センセイションを撒《ま》き散らした。

夜中に空家の煙突から盛《さかん》に煙の出ていることが、酒を飲んで晩《おそ》くなって戻って来た近所の人の目にとまるところとなって、早速警察に報《し》らされて、怪屋の浴槽《ゆぶね》の惨死体事件、人肉の煖炉焼却事件として、明るみに晒《さら》されることになったのだった。

そして被害者が、エマ子が叫びを上げた通りみさ子であることは、別室に着物と一緒に置いてあった、名前入りのハンカチーフからたしかめられた。

そして、朝刊は、みさ子の素性を挙げて、いずれ不良仲間の軋轢《あつれき》が原因だろうと思われると報じていた。

しかしエマ子は、日が高く上がっても、そんな世間の取沙汰《とりざた》をよそにして、いつになく深い眠りに落ちていた。

そしてようやく午《ひる》近くなって、扉《ドア》をノックする音に、初めて眠りを覚まされた。それでもエマ子はすぐに答えようとはしなかった。いずれ井手が遊びに来たくらいに考えたからだ。

すると今度は、いっそう激しくノック音が繰り返された。エマ子は不精に、眼を開けようともせず、

「だアれ？　井手さん？」と声をかけた。

ところがそれに答えたのは、エマ子が一度も聞いたことのない男の声で、

「少し聞きたいことがあって来たんだが、戸を開けろ」

それから、

「警察のものだ」と後を続けた。

それを聞くと、さすがにエマ子はびっくりして跳ね起きた。同時に思い出されたのは、ゆうべの事件と、不品行な自分の暗い生活だった。

「ちょっと待って下さい」

慌てて答えると、それでもエマ子は急いでガウンをひっかけて、すぐに部屋の扉《ドア》を開けた。

「お前が西条エマ子だね」刑事は神妙にかしこまって小さくなっているエマ子を見下ろしながら言った。そしてのこのこ部屋の中に入りながら「取り調べたいことがあるが、お前の知っているだけは、隠さずに言ってくれねば困る」

エマ子はおどおどしながら頷くと、一つ切りしかない椅子の上から、脱ぎすてたままになっている洋服や靴下を始末して、それを刑事にすすめておいて、自分はベッドに腰を掛

けた。

頭の禿《は》げた小柄な刑事は、腰を下ろすと部屋を一わたり見渡してから、サイドテーブルのウイスキーに視線を止めて、

「若いくせに、お前はこんなものを飲んでいるのか？」

「ええ」

「いけないね」

それから刑事は、同じ優しい口振りで、

「お前はゆうべはどこにいたね？」と、なんでもないように急に言った。

しかしエマ子はハッとした。それでもすぐに巧みに当惑を押し隠して、

「ここにおりました」とそれに答えた。

刑事はすると、急に鋭く眼を光らせて、

「嘘を言うと承知せんぞ！　ネタはちゃんとあがっているんだ！」急に声を荒らげた。

エマ子は不良少女だけに、以前にも幾度か刑事の取調べにあった経験を持っていた。だから刑事に対しては、表面飽くまで神妙をよそおうことと、取調べの内容がはっきり分って来ないうちは、滅多に自分で当推量して、泥を吐いてはならないことを知っていた。人生の裏を歩いて暮らしているエマ子などには、いくらでも刑事に取調べられるべき性質のものがある。うっかり甲の取調べだと思っていると、乙の取調べであったりする。すると

一度に二つの泥を吐いてしまって馬鹿げた憂目に遭わねばならない。

だからエマ子はこの場合も、たいてい昨日のことだろうとは当りがついたが、はっきり内容の分るまでは、飽くまで神妙を装いながら、

「どこへも行きません」と繰り返した。

「まだ強情を張るか！　隠したって、お前の知っている井手江南が、今朝方警視庁へやって来て、お前と二人で麴町のさる洋館で、五月の情婦が惨殺されているのを見て来たと、ちゃんと報告しているんだぞ」

エマ子にはそれで初めて、刑事の取調べの内容が判然した。と、エマ子はすなおに謝った。

「井手さんがちゃんとおっしゃっていて下さるんでしたら、何もかも申し上げます。別に他意があって隠し立てをしたのでなく、疑いがあたしの方に懸ってくると困ると思って、ついどこにも行かないと言ったのです。済みません」

すると刑事はもとの優しい声になって、

「お前は数日前にも同じ家で、同じようなことが行なわれていたのを見たというが本当か？」

「ええ、たしかに見ました」

「ではその様子を話してみてくれ」

エマ子はそれで詳しく当時の話をした。

刑事はエマ子の話を聞き終わると、急に話を先に戻して、

「お前はゆうべ、顔も分らないまでになっている惨死体を見て、すぐに、これはみさ子の死体だと言ったそうだが、それはどこで分ったんだ？」

エマ子はそう訊《き》かれて、なぜ自分はあの死体を見てみさ子とすぐに思ったか、その理由《わけ》の分っていないことに気がついた。また、みさ子の死体だと叫ぶと、そのまま失神して、いつどうして自分の部屋に帰ったのか記憶がないのも思い出した。それで咄嗟《とっさ》に、いつもみさ子の惨殺されている幻を見ていたから、それですぐに、頭からそう思ったのだろうと、そう解釈してみるより仕方なかった。

それで先ず当ってみた。

「あれは、みさ子さんではなかったのですか？」

「いや、みさ子に違いないことは違いないが」

それを聞くと、エマ子はとっさに頭を働かせた。

「あたしは、燃えていた片腕に、十字架に蛇の刺青《いれずみ》のしてあるのを見たからです」

「そうか」

それからしばらく刑事は黙っていて、ふいに、

「お前は五月のところを知ってるだろう？」と、眼を輝かしながら言った。

「五月さんの？　知りません」

「知らないはずはないと思うが、君はみさ子と五月を張っていたというね？」

「でも、近頃は体も悪いし、少しも外に出ませんもの」

「しかしアザミ団の団員で、みさ子がお前を妬《や》いた揚句、五月を警察に売ったのを五月がひどく憤慨して、制裁を誓ったと、泥を吐いた者がいるぜ」

「そんなことがあったのですか。しかしあたしは知りません」

　エマ子は本当に初耳だった。

「お前と五月がまるで関係がなければ、みさ子がそれほど焼餅《やきもち》を妬くはずはないと思うが、正直に泥を吐いたらどうなんだ」

「本当に知りません。それは井手さんに訊いてもらっても分ります。あたしはずっと、部屋にばかりいたんです」

「電話もかかって来ないか？」

「ええ、かかって来ません」

「ではお前を信用するが、その代り、分ったらすぐに警視庁まで報らすんだぞ。分ったな？」

「承知しました」

「それからもう一つ訊きたいが、五月と、お前の会ったという怪外人との間には、何も関係はないかね？」

「まさか！　ないと思いますわ」

エマ子は初めてここで、刑事の質問が何を意味しているかを知って驚いた。五月はみさ子殺しで疑われている！

すると刑事は、

「お前は恋敵としてみさ子を憎んでいたというが、みさ子と最近会って喧嘩《けんか》でもしたことはないか？」

「ありません！　あたしは、今も言いましたように、誰ともしばらくは会ってはいないんですから」

「では今日はこれくらいで俺は帰るが、また呼び出すこともあるかも分らんから、なるべく外出しないようにしているんだぞ。それから、五月の居所が分ったら、すぐに警視庁へ報《し》らせること、分ったな？」

エマ子は刑事を送り出してから、自分も大分疑われているらしい様子を察した。

ところがエマ子は、その日の夕刊を見て、自分らの立場がもっと危険であることを知った。

夕刊には朝刊に出なかった怪外人の話を、井手江南の報告によったらしく、相当正確に報じていたが、嫌疑者のところへ来ると、だいたいこんなことを述べていた。

怪外人はいまだに何らの手がかりもないが、これはあるいは、架空の人物ではあるまいか。空家に自動車を乗りつけ、いくら変態性欲者にしろ、夜毎に女を焼くはずはない。少なくも、先夜のエマ子の経験は事実としても、昨夜の同じ犯行は、別人の手によって行われたものであるらしく思える。しかも昨夜の被害者は、某船会社の重役を強請《ゆす》った犯人として五月を密告した女であり、五月がそのために復讐《ふくしゅう》を誓った女であることをまず考え、怪外人の怪行を見せられたエマ子は、五月の情婦であり、かつそのために恋敵としてみさ子を恨んでいたことを思えば、この複雑した三角関係と今度の事件の間に、自《おのずか》ら朧《おぼ》ろげながら、一つの筋道が発見されそうに思われる。

だいたいそんな記事だった。

それを読んでみると、今度の事件に自分の関係のないことは、自分のことだからエマ子には分るのだし、怪外人を架空の人間にするのもひどい誤解とは分ったが、もともと怪外人とエマ子が近づきになったのがアザミ・バーのマダムの紹介であることまで遡《さかのぼ》って考えてみると、まんざら五月と怪外人の間に何かの関係が生じる機会はあり得ないと否定することはできなかった。それに団員中に裏切者のできたときには、その制裁はかなり重いことともエマ子は経験で知っていた。それに五月という男は、激するとかなりひどいことを平気でやる男だった。

そう考えて来ると、まさか五月がそんなひどい復讐をとは考えられなかったが、否定することも出来なくなった。

エマ子はひどく不安になった。

エマ子がそうしてとつおいつ考えているとき扉《ドア》の外でアパートの管理人の声がした。

「西条さん、西条さん、お電話です」

「はーい」

答えておいて、エマ子は誰からだろうと不安になった。彼女のもとに今まで電話がかかって来たというと、アザミ・バーかアザミ団かに決っていた。マダムが心配してかしら？　それともあの外人かしら？　それとも――五月からかしら？

エマ子は胸を轟《とどろ》かせながら電話室に入った。

「もしもし、エマ子です。どなた？」

すると電話の向うで、彼女の聞き覚えのある声がした。

「あ、五月さん！」

エマ子はせき込むように言ってから、すぐはっとして声を飲んだ。それから声を出来るだけ低くして、

「みさ子さんをどうしたの？　とてもあたし心配してんの。ええ、どうでもして行くわよ。あたしだって会いたいんだもの。え？　丸の内の帝都ホテルのルーフガーデンで。ええ分ったわ、すぐに車で出かけるから」

向うが急いでいるらしく、電話はそれで切れてしまった。エマ子はそわそわとして、急いで自分の部屋へ入ると、ありったけの金をハンドバッグに押し込んで、髪をちょっと撫《な》でつけたまま、駆けるようにアパートの玄関を飛び出した。

だから彼女は、彼女が電話室を飛び出すと、入れ代りに黒い影が電話室に滑り込んで、警視庁に電話をかけたことなどは、つゆ知ろうはずもなかった。

「もしもし、警視庁の捜査課ですか？　お尋ねものの五月が、もうすぐ帝都ホテルのルーフガーデンに現われますからお報《し》らせします」

その黒い影は、それだけ言うとガチャリと受話器をかけて、電話室の外へ出るとにやりとした。それが誰あろう、自称探偵小説家の井手江南だったのである。

六

帝都ホテルは丸の内のお濠端《ほりばた》にある。

エマ子は警視庁の前あたりに来ると、帽子を眼深《まぶ》かに冠《かぶ》りかえて、反対側の濠の方へ顔を向けて隠れるようにしていたが、その眼に、遠く向うに高い八階建ての帝都ホテルが、丁度角にあたるところをホテルの高さ一杯に、花火形のイルミネーションで飾られているのが映って来た。二階あたりからすっと電気が上にのぼって上まで行くとパッと両側に分れていく。しばらくついていたと思うと、パッと消えて、同じことが繰り返される。

車がホテルの前で停まると、エマ子は人眼を恐れるように、素早く玄関に飛び込んだ。

そしてエレベーターで屋上へ昇った。

ルーフガーデンでは納涼会が開かれていて、エマ子が上がって行ったときには、ミッキーマウスの活動写真が始まっていた。明るい電灯は勿論《もちろん》消されて、テーブルごとに豆スタンドが、蛍のような微《かす》かな光を落していた。そしてお客は他愛もなしに、皆げらげらと笑っていた。

エマ子はそれを結句ありがたいことに思ったが、それだけ五月を探すことに骨が折れると考えた。エマ子は活動などには眼もくれずに、きっと五月の方で見つけてくれるに違いない、そう考えて、端に沿って歩き出した。

すると間もなく、

「おい！」

と誰かの呼ぶ声が、すぐ近くでした。

エマ子ははっとして立ち停まった。

するとまたしても、すぐ側で、卓《テーブル》を軽く叩《たた》く音がして、

「ここだよ、エマ子」という声がした。

横を見ると、五月が豆電気で自分の顔を照らしながら笑っている。

　エマ子は滑るように、五月のすすめてくれた椅子に掛けた。

「おいなんて呼ぶもんだから、ひやっとしたわよ」

　すると五月は人なつこい笑顔を見せて、

「時節柄、エマ子って名前は、大きな声では言えないじゃないか」

「それはそうね」

　ボーイが近づいて来たのでジンカクテルを注文して遠のけると、エマ子はせき込むように、五月の耳に口をよせて、

「新聞見て驚いたんだけど、あんたみさ子さんをバラしたの？」

「ううん、出鱈目《でたらめ》だ」

「だって、みさ子さんはあんたを裏切ったって言うじゃないの」

「裏切ったから制裁は加えるといったが、あんなむごい制裁を加えるとは言わなかった」

　エマ子はつくづく五月の顔を見て、

「あたしだって、あんたがそんなあざとい仕返しをする人じゃないと思ったんだけど、新聞にはあんな記事が出ているし、実はジケがあんたの所を訊きに来たりしたもんだから」

「エマ子んとこへ？」

「うん」

「ではエマ子も大分御難なんだな」

「そうなの。あたしだって少しは疑われているらしいのよ」

「だけどエマ子、お前は少しも疚《やま》しいところはないんだろうな?」

「ないともさ」

「きっとだろうな?」

「疑うの?」

「それじゃア矢っ張り、お前が変な家《うち》へ連れてかれたって言う、その外人の仕業かしら?」

「そうだと、あたしは思うより仕方がないように思うんだけど」

ボーイが注文のジンカクテルを持って来たので、しばらく二人の話はと切れた。エマ子がそれを半分ぐらいぐいっと飲むのを見ていてから、

「それじゃみさ子は、お前への仕返しと、俺への面《つら》あてに、その外人に近づいたのかしら」

「そうも考えられなくはない」

「可哀そうに」

五月はじっとしばらく黙り込んだ。それから、

「俺はみさ子の事件にはなんの関係もないが、いまとっ捕っちゃ損だと思うから、しばらくどこかにズラカルことに決めたんだ」

「あたしもそれがいいと思う」

「それでだ、ズラカル前にお前の潔白を確め、かたがたお別れの一言も言おうと思って、実はお前を呼んだわけだ」

「ありがとうよ」

「ところで、病気はこの頃どうだ？」

「ありがとう。今日なんかとてもいいの。この調子だと心配ないわ」

「それアいい」

「それはそうと」エマ子は残りのジンカクテルを空けてから、ハンドバッグを持ちなおして、「あんたお金持ってんの？」

「少しはある」

「じゃね、あたしも少し持ってるから、これだけ持って行ってくれない？」

エマ子は卓《テーブル》の下でハンドバッグから取り出した幾枚かの札を、五月の方に押しやった。

「いいんだよ。男だからなんとでもなる」

「だけど、ズラカルときには多いほどいいっていうじゃないか。金に不自由すると、逃げられるところも逃げられなくなって、それだけ早く追手に捕まるっていうことだから」

「すまねエな。じゃ貰《もら》っとくよ」

「すまないなんて、お互いさまよ、ないときには」

　そのときお客の拍手と一緒に、電気が明るくぱっとついた。急に人の話声が、ここにも向うにも起こって来た。

　二人はなるべく人に顔を見られないようにしていたが、

「話はすんだし、俺と一緒にいるところを見られるのは為によくないから、もうお前は帰らないか？」

「大丈夫よ。しばらくお別れなんだから、も少しあたしは一緒にいたいよ」

「それじゃ、勝手にするがいい」

　二人がそれきり、次ぎの活動の始まるのを待って黙っていると、逞《たくま》しい男が五月に近づいて来て、

「おい、五月！」と声をかけた。

　五月は反射的に身をひいた。

　同時に、

「神妙にしろ！」

　逞しい男は二人になって、はや一人は、五月のきき腕を押えていた。五月はそれを遮二《しゃに》無二《むに》振りほどいたが、するとすぐに、代りの一人が五月の後に飛びかかった。

　お客はこの突然の騒ぎに総立ちになって、徐々に争いの中心から遠のいた。エマ子はどう逃げたのか、いつの間にかお客の中に混ったらしく姿は見えない。

が、突然、

「キャッ！」

人込みの中で女の悲鳴がした。皆一斉に声の方を振り返った。

「助けてッ！」

同時に、

「しまった！」

争っている方で声がした。皆がその声に、今度は争いの方を振り返ると、ルーフガーデンを囲んでいる高い塀の上に、花火のイルミネーションを背景にして、くっきり男の影が一つ浮かんで見えていた。そして次ぎの瞬間、皆は思わず、

「あッ！」

と一斉に声を上げた。イルミネーションを背にして立っていた男の影が、急に見えなくなったからだ。

お客は波のように塀の方へ駆けつけた。

すると間もなくお客の中から声がした。

「大丈夫だ！」

「イルミネーションを伝って降りて行く！」

エマ子はその騒ぎの中を、エレベーターで玄関に降りていた。そして外へ飛び出した。

ほとんど同時に、エマ子の側に、高いところから飛び降りた男の白い姿が見えた。

「早く！」

思わずエマ子が声をかけると、その男は振り返って、

「エマ子、ありがとう！」

一声言って、街を向うに横切って行った。

エマ子はそれを見送ると、側にあった空車《あきぐるま》に、

「渋谷まで」

そう言って飛び乗った。

ところがエマ子が飛び乗って驚いたことには、ルームライトがついていなかったので分らなかったのだが、車の中には誰か先客が乗っていた。

降りようとしたが、後を見るとこちらに駆けつけて来る人影が見える。

ためらっていると、

「エマ子さん、あんたは追われているんですか？」

聞き覚えのある声がした。それはたしかに、いつぞやの怪外人に違いなかった。

「まあお久し振り、困っているの、救って頂戴《ちょうだい》」

すると外人は直ぐに運転手に命令した。

「スタート」

車はすぐに動き出した。

そして少し行ってからポッとルームライトが点《とも》された。まがいもなく、その光に照し出されたのは、この間の外人だった。

「エマ子さん、私はいま、とても勇敢な人を見ました。あれはエマ子さんのお友達？」

「ええ、前にうちのバーへ度々来たお客なの」

すると外人は意味ありげに、にやりにやりと黙って笑った。

エマ子はそんなことには頓着《とんちゃく》せずに、

「あたしをこれから、どこか面白いとこに連れてってくれない？」

「どこへでも行きますか？」

「行くわ」

「ではね、眼隠しされてもかまいませんか？」

「また眼隠し？」

「私と一緒に遊ぶときには、いつも眼隠ししてもらわないと困るのです」

「変な異人さんね、あんたは」

「その代りお礼はたくさんはずみます」

エマ子はまさか、二度とこの間の問題の空家へ連れて行かれるはずはなかろうし、ちょうど五月に金は渡してしまって懐は淋《さび》しくなったときだし、かりにこの外人がみさ子を殺した犯人にしろ、みさ子の惨死体で当局が騒いでいる今、三度《みたび》重ねて自分に危害を加えることもあるまいと思えたのと、みさ子といえば、ひょっとしたらこの外人と一緒に行けば真犯人を確めることができ、ひいては五月の嫌疑も晴らしてやることもできるかも分らないと考えて、

「かまわないわ」と答えてしまった。

すると外人はすぐに黒いハンカチを取り出して、しっかりエマ子の眼隠しをした。しかし今度は、横に外人がついていたので、両手両足は縛られなかった。

ところが、この間と同じように、かなりの道を走ってから着いた先は、意外にも、昨日の空家だったのである！

まさか警察の目の光っている空家へ連れ込みはすまいとエマ子は思っていたのに、昨日も見、その前にも見た、同じ三段の木の階段、唐草模様をエマ子はまた見た。そして三度、同じ匂いを嗅《か》がされて、同じ廊下を歩かされ、同じ匂いと温気《うんき》のする部屋に彼女は連れ込まれた。

そして初めて、エマ子は眼隠しを外された。

エマ子はあまりの意外さに、しばらくは瞬《まばた》き一つできなかった。

矢張り連れ込まれた部屋には電気がついていない。夏だというのに隅に切った煖炉には、かっかと石炭が燃え熾《さか》っている。そしてむっとむせるような匂いは煖炉《だんろ》の中からする。――

—そして浴場の扉《ドア》がある。その向こうには電気が矢張り点されていることは、鍵穴から洩《も》れて来る糸のような光で分る。

「ははは……、エマ子さんはまた慄《ふる》えていますね。エマ子さんは察しがいいから、ちゃんと浴場の中まで当てた様子ですね。当っているか当ってないか、開けて上げますから見てご覧なさい」

怪しい外人は扉《ドア》をさっと開けた。

エマ子が恐わごわ覗《のぞ》いて見ると、あッ！　そこには今度も、浴槽に血にまみれて若い女が倒れていた！

七

相ついで残虐な殺人事件の行なわれた怪屋は、世間の人々からは魔の家と呼ばれて、日中は好奇心に駆られた見物人で賑《にぎ》わったが、一度日が沈んで黄昏《たそが》れてくると、文字通りに、あたりは猫の子一匹通らない淋しい場所になってしまった。

それでも事件が新聞に発表された当初には、時々素人探偵家を気取った若者がこの怪屋に近づいたが、いつも刑事の訊問《じんもん》にあって、ほうほうの態《てい》で引き下がったということだから、どこかで鋭い眼が幾つとなく光っていたのに違いなかった。

そうなると、いくら魔の家であったとしても事件の起ころうはずはない。幾日かそれから経って、怪屋の庭先の夏草の花もほおけ始めた頃には、当局の監視も大分緩まって来た。と、俄然《がぜん》、それを待ち侘《わ》びていたかのように、またしても魔の家で奇怪な事件が突発した。

真夜中も大分過ぎて、この事件の捜査本部に当てられていた麴町署の宿直室で、以前エマ子の取調べに行ったことのある、小柄な頭の禿《は》げた中田警部が、終日の活動にすっかり疲れて、ついうとうととした時だった。けたたましい電話のベルに目を覚された。早速警部が出てみると、

「大変です、魔の家の煙突から、今夜は煙が出ています。そして妙な匂いが今夜もして来ます！」

中田警部はハッとしながらも、電話の主を訊《たず》ねると、怪屋の隣家の者だと向うは答えた。受話器を掛けると、中田警部は極度に不機嫌な顔をして、

「見張りの奴はどうしているんだ！」と呟《つぶや》いた。

それから早速隣室の扉《ドア》を開けると、

「起きろ、魔の家で事件突発だ！」と怒鳴り込んだ。

署から怪屋までは四五丁しかなかったので、折から降り出した小雨をついて、中田警部は走り出した。少し遅れて、起こされた二人の刑事が後を追った。

怪屋の前まで来ると中田警部は初めて立ち停まって、屋根の上に眼をやったが——たしかに見える。暗い雨空に一きわ黒く浮き出している煙突から滲《にじ》み出た墨のように、黒く煙が上がっている！　そして鼻を蠢《うごめ》かすと、確に妙な、この間と同じ匂いが、雨と一緒に降って来る。

「今日の張込みは誰の番だ？」

二人の刑事が追いつくと、中田警部はいまいましそうに叫んだのである。

「私です」

人の気配に驚いて、近所の軒下から出て来た刑事が自ら名乗った。と、中田警部は一喝した。

「怠慢じゃないか！　あの煙が見えんのか。裏へ廻《まわ》って見張りをしろ！」

ついで中田警部は、足音を忍ばせながらも、豹《ひょう》のような敏捷《びんしょう》さで、家の中に滑り込んだ。

二人の刑事も後に続いた。

中は雨夜のことであり、真っ暗だったが、勝手はすでに十分心得た建物である。三人は廊下の壁を背にして、神経を耳と見えない眼に集注させて、一歩一歩奥の部屋に近づいて行く。

しかし物音は何もしない。

中田警部は奥の部屋の前まで来ると、そっと鍵穴から中を覗いた。確に煖炉に火の入っていることは、陽炎《かげろう》のようにゆれている赤い火影によって知られる。二秒、三秒、澄ました耳にはしかし、薪《まき》のはぜる微《かす》かな音がするばかりだった。

と、中田警部は身がまえしてから、サッと扉《ドア》を前に引いた。そして一瞬、何かに正面衝突でもしかけたように、反身《そりみ》になって躊《ため》ってから、慌だしく浴場の扉《ドア》を開き、ついで反対の扉《ドア》を開けて中に姿を消してしまった。

しかし後から部屋のなかに入り込んだ二人の刑事は、釘《くぎ》づけになったように立ち竦《すく》んだ。浴場から流れて来る光のなかに、何者かと必死に争ったものらしく、髪を乱し、着物の前を引裂いて、片方の乳を露《あらわ》にして、そこに俯《うつ》伏せに倒れている洋装の若い女を見たからだった。

しかし二人の刑事の驚きは、ただそれだけに止《とど》まらなかった。扉《ドア》の開かれたままになった浴場のなかには、今度も血にまみれて倒れている女の姿があったし、ハッとして煖炉のなかを覗いてみると、そこには丸太を抛《ほう》り込んだように、黒く足裏をこちらに見せて、焼けただれた太股《ふともも》が、脂の音を立てながら赤黒く燃えているのを見たからだった。

世のなかの怖ろしい姿には馴《な》れているはずの二人の刑事も、この惨虐な光景を見せられては、思わず寒気を感じて、金縛りにあったようになってしまわずにはいられなかった。

と、そこへ中田警部が懐中電灯を手にしながら戻って来て、

「一人は表の張番をして、一人は家中を探してみろ！」と命令した。

それから初めて部屋のスイッチを捻《ひね》ってから中田警部は倒れている女の側に蹲《しゃが》み込んだ。が同時に、

「エマ子だ！」と、叫びを上げた。

確に中田警部が叫んだように、胸も露わに倒れていた女は、エマ子に相違なかった。だがまたしてもエマ子がこの怪屋に——しかもまたしても惨死体と一緒にいるとは、いったいどうしたことなのだろう？　エマ子はまたしても怪外人にこの怪屋に連れ込まれたのであろうか？　通魔のように、いまだに身許《みもと》さえも判明しないこの外人は果していったい何者なのか？

中田警部はそんなことを頭の隅で考えながらエマ子の体を調べてみたが、体のどこにも傷はなく、脈もたしかに打っていた。

「エマ子、エマ子！」

中田警部はエマ子の耳元に口を当てて、大きな声で名前を呼んで、強く体をゆすぶった。と、エマ子はウーンと低く唸《うな》って、やがてパッチリ眼を開いた。そして現実に戻ろうとして、あたかも努力をしているように、じっと警部の顔を見ていた。そしてやがて、「あッ！」と叫ぶと弾むように起き上がって、警部の胸に抱きつくと、

「助けてッ！」と悲鳴を上げた。

「どうしたんだ！」

警部は抱きついて来たエマ子の顔を、片手で軽く押しやるようにして、じっと顔を見ながら言った。

「あの死体は誰の死体だ」

「マダムのです！」

「マダムとは？」

「アザミ・バーのマダムです」

「して犯人は？」

「外人です」

「外人というと、例の——」

「そうです。早くあたしを、ここから連れ出して下さい！」

「出してはやるが、話を先にせんことには」

警部は思い出したように煖炉《だんろ》に近づくと、いまだにジュュュュュュッと音をたてて燃えている太股《ふともも》を、流石に気味悪そうに、側にあった火掻棒《ひかきぼう》で引き出してから、エマ子の側に戻って来た。

「どうしてお前は、今夜はここへ連れ込まれたんだ？」

エマ子は初めて露になった自分の胸に気がついたらしく、両腕で胸を抱くようにして、

「いつものように、目隠しされて連れられて来られたんです」

「どこから？」

「アパートの近くからです」

「なぜお前は、前にも幾度もこんな目にあっていながら、黙って連れられてなどやって来たんだ？」

「でも、その外人に会ったのが淋《さび》しいところでしたし、言うことをきかないと、恐ろしい外人ですもの、どんな目にあわされるかも分らないと思って、言われる通りになったのです」

「しかしこの家の前には、見張りの者がいたはずだが」

「ところが今夜は、あたしは裏から連れ込まれたらしい様子なのです。いつもと勝手が違うので、入るときには、ここではないとあたしは思ったくらいですから」

しかしエマ子への訊問《じんもん》は、ここで一時中断された。というのは、裏の張番に廻っていた刑事が、

「不審な男がいましたからひっ捕えて来ました」と言って、このとき一人の男の腕をとりながら入って来たがためであった。

ところがエマ子は、捕えられて来た男の姿を一目見ると、

「まア、井手さん！」

と、大きく両眼を開いて叫んだ。

雨に湿って庇《ひさし》の下がった帽子を阿弥陀《あみだ》に冠《かぶ》って引っぱられて来たのは、自称探偵小説家の井手江南だった。

中田警部は怖い眼でじっと江南の顔を睨《にら》みつけたが、江南はその恐ろしい警部の目つきもまるで気がつかないらしい様子で、茫然《ぼんやり》自失したもののように、浴場の惨死体と、煖炉の前に引きずり出されていまだに燻《くすぶ》っている太股と、エマ子の顔を代るがわるに眺めていた。

と、中田警部は江南とエマ子の顔を見較べてから、

「お前ら二人はどうも怪しい！」ときめつけた。

「いつも事件が起きると、お前達が関係しとる。二人はぐるか！」

江南はまず中田警部の恐ろしい顔を見返してから、ちらりとエマ子の失神から覚めたばかりの蒼白《そうはく》な顔を見やって、

「まさか！」

と強く否定した。

「私はエマ子さんのことを始終心配していたのですが、今夜は遅くなっても姿が見えません。それでもしやと心配になって、様子を探りにわざわざここまでやって来ただけのことなのです」

そこへ家探しをしていた刑事が戻って来て、

「どこにも怪しい点はありません」と報告した。

「そうか。ではお前は早速鑑識課へ電話してくれ」

それからしばらくして、エマ子と江南とは、署まで同道を求められて怪屋を出た。

ところが、警部といま一人の刑事と、二人に守られて外に出て、幾歩ぐらい歩いた頃であったろうか、後に警笛の音がして、自動車がかなりのスピードでやって来た。四人が慌てて一団になって道の片がわへ身をかわすと、件《くだん》の車はスーッと前を過ぎて行ったのだが、ちらりと見えた車中には、悠々として葉巻を啣《くわ》えた外人が乗っていたのである。

それを見ると、エマ子は思わず、

「あッ！」

と低く叫びを上げた。

と、すかさず、中田警部は、

「誰だ？」

とエマ子を振り返った。それからついで、

「追跡しろ！」

と刑事に命じた。

そして部下が全速力で駆け出して行くのを見送ってから、

「お前が連れて来られた外人というのが、あの外人なんだな？」

エマ子は怪外人のこの大胆な現われ方を、彼女に対する示威とでもとったのだろう。この警部の言葉もすぐには耳には入らなかったらしくしばらくしてからようやくに、

「あの外人です」

と低く、慄《ふる》えながら答えたのだった。

八

怪外人のこの不敵な出現はいったい何を意味するものなのだろうか？　エマ子らに対する威かくなのだろうか？　それとも当局に対する嘲笑《ちようしよう》なのだろうか？　それともあるいは、まだ当局の手入れが始まっていようとは思わずに、様子を見に来て、不覚に姿を見せたのだろうか？　何しろ相手は車に乗って現われて、追跡した刑事は夜更けのことではあり、あたりは淋しい屋敷街のことでもあり、車をすぐに見つけることもできないで、むざむざと怪外人を楽に逃してしまったので、その解決はつかなかった。

しかし、この怪外人の出現は、エマ子と江南にとっては、結局仕合わせなものとなった。怪外人のこの不敵さと、実在の人物だという確証は、二人の釈放を早めてくれたからである。しかしエマ子は、今度は厳しい当局の監視のなかで暮らさなくてはならなかった。エマ子は一人歩きは絶対に禁じられたし、怪外人から電話でなり、その他の方法でおびき出

しが来たときには、必ず行先を向いの棟の見張りの刑事に知らせるようにと命ぜられた。しかしそれから幾日か経ったが、怪外人からおびき出しのかかって来そうな様子もなかった。

エマ子は終日またも悪夢に悩まされなくてはならなかった。

今夜もエマ子の魘《うな》されている声が、ま上の井手江南の部屋まで気味悪く聞えて来る。エマ子は最近では、眠れば悪夢を見るからといって眠ることさえひどく怖れて、いままでのように睡眠剤を嚙《か》みながら強い酒を飲んだりすることもやめてしまった。かと思うと、眠りを長い間蓄めておいて、正体もなく一日以上もぶっ通しで、ぐっすり寝込む。しかしそんなにしてみても、覚《さ》め際《ぎわ》には、矢張り悪夢は襲って来た。それも今度は、以前にもまして気味の悪い夢だった。

いよいよ不摂生になった彼女の生活が、彼女の体と精神を、極度に傷め尽くしたせいか分らない。最近の彼女はまるで正気の夢とは思えない、狂気染みた夢に苦しまなくてはならなかった。今度こそは自分は発狂してしまうのだ。エマ子は始終心のなかでおぞ毛を立てた。

江南はエマ子のまたしても魘されている声をこれまた重ねがさねに身辺に起こって来た奇怪な事件に少し頭が狂ったのか、ニヤリニヤリと無気味な笑いを洩《もら》しながら、聞き惚《ほ》れたように聞いている。

しかし井手江南はけっして発狂したのではない。話を進める前に、今まで一度も紹介しなかった江南の部屋の様子を、簡単ながら紹介しておく必要がある。

原始的《プリミチブ》なものほど夢が豊富なせいなのか、どうも探偵小説家というものの中には、飛行機が飛び、トーキーの盛んな今時でも、黄海の戦いの安ジンタに合わせて、米春《こめつき》ばったのような恰好《かっこう》でくるくる廻《まわ》る木馬だの、細い鞭《むち》でパチパチ板を叩《たた》きながら、同じ節廻しの歌を唄う八百屋お七の覗眼鏡《のぞきめがね》などに、郷 愁《ノスタルジヤー》を感じているような人がある。

井手江南もどうやらそうした一人らしく、まず彼の部屋に入って行ったものは、第一番に、赤い塗りが大分剝《は》げて、地の鉽力《ぶりき》の見えている幻灯機が、部屋の片隅に大きな存在を見せているのが眼にとまる。側には太い望遠鏡が転がっている。壁には南洋あたりの人なのだろう、唇の厚い扁平《へんぺい》な顔をした黒い女が、ひきしまった素晴らしい乳房を見せて、素裸で立っている写真と、マドロスの石版摺《せきばんずり》が、歪《ゆが》みながらぶら下がっている。そして他には、垢《あか》じんだ蒲団《ふとん》と傾いた一脚ずつの椅子とテーブルがあるきりで、汚物《よごれもの》は部屋のそこここに散らかっている。

今、江南は、その幻灯機の前に坐って、つれづれのままにか、映写を楽しんでいるらしい。幻灯機のなかには電灯が引き込まれている。江南はエマ子の呻《うめ》き声を聞いてはニヤリと笑いながら、つぎからつぎへと種板《たねいた》を取りかえている。

しかし不思議なことには、部屋のどこにも、なんの影も映っていない。

一体どこに影は映っているのだろう?

江南はそれでもお構いなしに、幻灯機の隙間から洩れる強い光に透してみては、種板を幾枚となく調べている。そしてつぎつぎに差しかえている。

ところがその種板というのが、全く妙なものばかりだった。

女の太股《ふともも》、それも血に汚れたもの、白蠟《はくろう》のように白いもの。首、腕、胴、いずれも完全なもの、半かけになったもの、血に染みたものなどの別がある——それから眉毛《まゆげ》のない目もなかにあれば、大きく開いた口もある……

ところが、この種板とエマ子の呻き声の間にはどんな関係があるのだろう、種板の変わる度にエマ子の呻きが起こってくるのだ。

エマ子の呻き声が聞えると、江南はあたりを憚《はばか》るように、そっと周囲を見廻して、唇を歪めるとニヤリとする。それからまたしても、慄える手先で幾枚かの種板を取り上げては、一つ一つ透してみて、つぎのやつと差しかえる。するとまたしてもエマ子の呻く声がする。

今度江南が手にした種板は、まっ赤な海水着を着た若い女性と、中年婦人の裸体だった。しかも婦人には太股がない。

江南は木の葉のように慄える手で、静かに若い女の写真から先に入れた。

と、階下《した》から、

「みさ子さん堪忍して!」

確にそう言うエマ子の声が、裂帛《れっぱく》のような凄味《すごみ》を帯びて、暗い部屋に響いて来た。

江南はまたしてもニヤリと笑うと、もう一つの写真の方と取りかえた。

と、またしてもエマ子の声が、

「あッ！」と叫んで、「マダム！　マダム！」

と呻いたと思うと、後にはあアあアとあえぐ声が聞えて来た。

今度は江南は、二つの写真を逆さまにして入れた。

と、またしても、

「二人とも堪忍して！」

エマ子が叫んで、やがて、

「井出さん、来てエッ！」

という悲鳴が起こった。

と、井手は慌てて電気のスイッチを捻《ひね》ったと思うと、コードを巻いて、再び裸電気に灯《あかり》をつけた。それから種板を一纏《ひとまと》めにして、寝室の下のトランクに隠してしまうと、幻灯の先から長い筒を離した。江南はその筒様のものを利用して、階下《した》のエマ子の部屋に、今まで幻灯を映していたのに相違なかった。

「井出さん！　井出さん！」

そのうちにもエマ子の叫ぶ声がする。

江南は一わたり部屋の様子を見渡してから、

「どうしたのです？　今行きますよ」と叫んでおいて部屋を出た。江南はなんのために、エマ子の部屋に幻灯などを映して、エマ子を苦しめていたのだろう。

江南は薄暗い階段を駆け降りると、エマ子の部屋に飛び込んだ。

エマ子はそのとき、すっかりカーテンを下ろしてしまった部屋の中のベッドの上に起き上がって、寝乱れた体を激しく波打たしていた。サイドテーブルには栓のとれたウイスキー罎《びん》が載っている。

江南は戸口でちょっと立ち停まると、寝乱れて露《あら》わになったエマ子の胸や太股の、透通るような蒼白《あおじろ》い皮膚を貪《むさぼ》るように眺めてから、

「どうしたのです？　ひどくまた魘《うな》されていましたね」と声をかけた。

するとエマ子は、口もとをしばらくもぐもぐさせていてから、投げ出すように枕の上に俯伏《うつぶ》して「ああア、あたしはもう、眠るにも眠られなくなってしまった！」と絶え入るような声で言った。

「どうしてです？」

「眠ったと思うと、バラバラになった手や足や首が現われるし、みさ子さんや、太股のないマダムの姿が浮かんで来たりするんだもの――」

とすれば、想像通り、エマ子の悪夢は、江南の幻灯を見ているものに違いなかった。ではエマ子が今までずっと苦しみ続けていた悪夢というのも、悪夢でなしに、すべて三階から映されていた幻灯を見ていたためのものだろうか？　江南はエマ子が半ば目覚めかけたときに幻灯を映して苦しめていたのだろうか？

そうとすれば井手江南は何がゆえに、そんなにまでしてエマ子を苦しめていたのだろう？

不良少女などというものは、あり余ったエネルギーの正当なはけ口を見出《みいだ》しかねて、ぐれたものが多いようだが、それだけ順潮にいっている間は朗らかな愉快な存在ではあるものの、一旦病気に罹《かか》ったり、金づるを失くしてしまったりしたときには、理性と呼ぶ、依りかかりがないだけに、歪んだエネルギーが燃え残りの燐《りん》のように蒼白く光って、それがまた妖《あや》しい魅力となるものだ。

江南の生活を見てみると、どうしても健康な趣味を持った男だなどとは考えられない。とすると、彼はそうした、毛を摧《むし》られた鳥のようないたましくも妖しい姿を享楽しようとして、そんなことをしていたのだろうか？

とにかく江南は、病み衰えた不良少女の美しさは知っているらしい。脂汗をかいて髪をふり乱し、胸をはだけ、太股を覗かせて蹲《うずくま》っているエマ子の体は、普通の女の取り乱した姿とはまた異《ちが》った魅力のあるのを彼は感じていたらしい。精神の疲れも、こうした少女にあっては、肉体の疲れと同じ変化を与えて来る。眉間《みけん》に皺《しわ》の寄る代りに、享楽を貪り尽くした後のように、肉体から紅い血潮が吸いとられて、疲れた血潮が、心臓へ心臓へと、再びエネルギーを取り戻そうとして、先を競って流れて行く。血の気を失った一入蒼白《ひとしおそうはく》になった膚《はだ》の下には、その運行を示すように、青く脹《は》れた脈が見える。そして体はすっかり疲れていてもなお、享楽を貪ろうとする、貪婪《どんらん》な妖しい美しさが生じて来る。

「エマ子さんも、こうしてじっとばかりしていないで、少しは出かけることが出来たら、気分も晴れて、体もよくなると思うんだけど。そして魘《うな》されたりしないですむとも思うんだがな」

江南はつくづくエマ子を見ながら言った。

と、エマ子はハッとしたように、

「あたし魘されて何か言って?」

「大したことは言いませんが、聞いていてあまりいい気分はしませんよ」

「いい気がしないって、どんなこと?」

「そんなことは聞かないほうがいい」

「いいえ、あたしどんなことを言ったか、聞きたいの!」

なぜかエマ子は体まで乗り出して熱心に言い張った。

「さあ、言って頂戴《ちょうだい》!」

「馬鹿に熱心に聞くんですね。じゃ言いますが僕の聞いたのは三つです」

「じらさないで、早く言ってよオ」

「みさ子さん堪忍して！　というのと、あッ！　マダム、マダム！　といって唸《うな》ったのと、も一度は、二人とも堪忍してといったのと、この三つです」

江南はなぜか、そう言い終わると気持ちの悪い笑いを見せた。と、エマ子はじっとしばらく江南の顔を探るように見ていてから、ふと遠くの方へ視線をそらせて、思わず深く息を吸って、

「あたし今になって、みさ子さんを恨んでいたのが、すまないような気持ちがするのよ」

と言った。

「それで堪忍してって、君は夢の中で謝ったわけなんですね？」

江南はそう言うと、今度もニヤリと笑ったがエマ子はチラリとそれを見たきり、なんとも言おうとしなかった。

としばらくして江南が、

「君はどうしてみさ子さんが殺されたか、その経緯《いきさつ》を知っていて、それで謝ったんじゃないのですか？」

エマ子はこの突然な、ズバリと言ってのけた江南の言葉には、思わずギョッとしたようだったが、江南はそんなことには気づかぬような様子をして、重ねて、

「マダムの殺されたのも、やっぱり君は知ってるんでしょう？」

「あんたは、あたしを――」

エマ子は喉《のど》をつめると、そのまま口惜《くや》しそうに泣き出した。

「失礼失礼、僕はただ、君の魘され方が余りひどいんで、もしや何か知っているんじゃないかしらと思って訊《き》いてみたまでのことなんです。例えば五月さんが、君のことでみさ子さんを殺したとかね」

「みさ子さんを殺したのは外人です。五月さんじゃありません。あたしは何も関係なんぞありません。あんたにまでそんな疑いをかけられるのなら、あたしはこのアパートを出て行きます」

「出て行く？」

エマ子は本当に出て行きそうな権幕で、蒼白《まっさお》な顔をしながら立ち上がった。

「ええ」

「警察の方はどうします？」

「後で警察がどう言おうと、そんなことはかまいません。あたしは裏口から抜けて出ます」

と、江南はしばらくエマ子の顔を見ていて、

「本当ですか？」

「本当ですとも！」

「よろしい。僕も一緒に出て行きましょう」

「――？」

「僕もさっき、君のひどく魘されている声を聞いて、君の病気をなおすのには、どうでもして君をこのアパートから連れ出すのが第一番だと考えていたんです。そして、そのためには少しぐらいの犠牲を僕は君のために払うこともいとわないと思っていたのです。ね、エマ子さん、君がそんな気持ちになれたのは幸いです。僕には心当りがあるんですから今夜のうちに逃げ出しましょう」

「今夜のうちに？」

「ええ」

「そしてどこへ？」

「僕の知人の家へです。大森ですが、そこはしばらく隠れるのに、いたって好都合なところなんです」

九

二人は夜の更けるのを待ってアパートを抜け出した。そして江南の知人がいるという大森まで車を飛ばした。車中は運転手の手前もあって、二人は沈黙を守っていたが、大森近くへ来るとエマ子が、江南の耳もとに口を寄せて、

「あまり近くまで行っちアア、後でうるさいことが起こるかも分らないから、いい加減のところで降りて歩きましょうよ」と不安げに言った。

と、江南はひどく落ち着いた様子をして、

「もうすぐ犯人は捕まる手はずになっています、そうまでするには及びません」

とそれに答えた。

「えッ！」

エマ子はひどく驚いた様子をした。

「犯人っていうと？」

今度も江南は落ち着き払って、

「さっき君は、犯人は外人だって言ったじゃありませんか」

「ではあの毛唐が——居処が分ったのですか？」

「そうらしいのです」

「それをあんたは、どうして、誰の口から聞いたんです？」

「もうしばらく待っていなさい。向うへ着いたらすっかり話して上げますから」

しかしエマ子はそれまで待てない様子だった。

「さっきはあんたは、そんなことは一言だって言わなかったのに——ね、その外人はどこにいるの？　井手さんは知ってるの？」

「知っていたら？」

「教えて頂戴。あたしはあの外人のために、随分ひどい思いをさせられてきたんですもの、あたし、あの外人が警官に捕まる前にもう一度あって思い切り仕返しがしてやりたいもの。あたし今までは、お客だと思えばこそ、嫌なことも辛抱して来たんだけど、こんな目にあわされちゃア我慢しようにもできないの」

「そして、みさ子さんやマダムの復讐《ふくしゅう》をしてやるんですか？」

「ええ、してやるわ。だから井手さん、知ってんのならすぐにそこへ案内して」

車はもうすぐ大森の町に入ろうとしていた。井手は運転手に左に折れるように命じてから、

「もうすぐ案内してあげますよ」とエマ子に答えた。

「だからしばらく黙っていなさい」

車はやがてとある大きな工場風の建物の中に滑り込んで、黒々とした大きな建物の裏で停まった。

車を帰すと、江南はエマ子の手をとって、

「ここは今使っていない東活キネマのスタジオなんです。知人が管理しているんですが、

どうです、しばらく隠れているのには恰好《かっこう》の場所でしょう?」

「それよかあたしは、先に外人のところへ案内してもらいたいのよ」

「承知しました。直ぐに案内してあげますが、まず隠家《かくれが》を見て下さい」

軋《きし》む戸を開けると、まずエマ子から中に入った。長く使われていないスタジオだけに、ひやりとした空気と一緒に埃《ほこり》の匂いがむっとした。江南は用意してきた懐中電灯でエマ子の足もとを照しながら、奥の方へ進んで行った。弱い懐中電灯の光のなかにも、エマ子の一歩ごとに足もとから埃の舞い上がる様子が見える。エマ子は思わずハンカチを鼻に当てた。

ところがエマ子はしばらくすると、ハンカチを鼻から離して数度《いくたび》か鼻をヒクヒクさせると、急に江南の側によって、眼を瞠《みは》りながら、

「この匂いは!――」と低く叫んだ。

その匂いは、エマ子が忘れよう忘れようとしても忘れられない、あの怪屋の匂いと同じ匂いだったのである。

とエマ子は、瞬間にして、初めて怪外人にあの怪屋に連れ込まれた翌朝、車の中で目を覚まして、思わず側にいてくれた江南の胸に凭《もた》れたとき、同じ匂いが江南の体からもしていたことを思い出した。と、エマ子は思わず二三歩江南の側から離れて、

「あんたは、――あんたは、あの外人のぐるなのね」と叫びを上げた。

しかし江南は落ち着いて、

「ぐるかも分りませんが、僕はあの外人の知人です」

「――――」

エマ子はしばらく茫然《ぼんやり》とした。

「君はさっき車の中でその外人に会いたいと言っていましたね。僕は予《あらかじ》め君の気持ちを察していたので――つまり、外人がいては君の邪魔になることを察していたので、君をここまで誘い出して来て上げたんです。そこの扉《ドア》を開けて御覧。中にきっといる筈《はず》ですから。同時に、その扉《ドア》さえ開ければ、誰が犯人だかも分る筈です」

江南はそう言いながら、広いダークステイジの中に出来ている小屋の扉《ドア》を指差していた。

エマ子はしばらく釘《くぎ》づけになったようにその扉《ドア》を瞶《みつ》めていたが、急に殺気だって狂気のようになると、あたりを見廻《みまわ》して、バックの枠に用いられた一寸角ぐらいの木片《きぎれ》の立てかけてあるところへ飛んで行った。

エマ子は外人を殺そうとしているのだ。

江南はそうしたすさまじいエマ子を見ると、恐れをなして、懐中電灯を消してしまうと、暗《やみ》の中に姿を隠した。

やがてエマ子は手頃な奴を探し出すと、江南が教えた扉《と》を手探りに探し当てて、サッと開いた。

が、開くと同時に、最初の見幕はどこへやらエマ子はしばし茫然《ぼうぜん》自失したもののように、そこに立ち竦《すく》んでしまったのだった。

エマ子はまたしても幻影を見せられたのではあるまいか？

この暑さにかっかっと燃え熾《さか》っている煖炉《だんろ》の火、その向うに開けっ放しになっている明るい浴場。その浴場に血みどろになって倒れている女の裸体姿。反射的に見た煖炉のなかには腕か股《もも》かと思われる長いものが燻《くすぶ》っている。

エマ子がそうした怪屋のままの光景を眼《ま》のあたりに見て茫然自失していると、奥の扉《ドア》が静かに開いて、例の外人がニヤニヤしながらまたも前に現われて来た。

「エマ子さん、も一度お会い出来ましたね。どうしました、エマ子さん？」

化石したように、それでもエマ子はまだ茫然と立っていた。

外人はその間に一歩エマ子に近づいて、

「私は今日は、エマ子さんに話があって来ていただきました。話というよりは不足です。そんな恐ろしい顔をして立っていないで、そこの椅子に掛けませんか？　掛けないのですか？　では立ちながらお話ししましょう」

外人は眉《まゆ》を心もち顰《しか》めて、今度は少し真面目になって言葉を継いだ。

「早速不足を言いますが、エマ子さん、あなたは私がみさ子さんやアザミ・バーのマダムを殺したように警察へ言っておいでのようですが、私は少しも殺した覚えはないのです。

私は麹町の魔の家とか言われています恐ろしい家へは、一度も入ったことはありません。しかしここへはエマ子さんを二度ほど連れて来ましたことは確《たしか》です。しかしここは、活動を映すために、麹町のその家をそのままモデルにして作り上げたセットにしかすぎないのです」

そして外人は浴場へ入って行くと、血まみれになって倒れている女を、別に気味悪そうにもせずに抱き上げて、エマ子の前に戻って来ると「これも人間のセット、つまりゴム人形にすぎないのです」

エマ子はそれを聞くと初めてよろよろした。

「私と井手さんとは、ただあなたを驚かせようとして、こんなことをして見せたまでなのです。またここを知られると困りますから、本物の建物と同じ位置に当るところに、電話のボックスと、羽田という歯医者さんの看板を出しておいて、わざと歯医者さんの看板は倒してみたりしたわけなのです。ところがあなたは、麹町の本物の家で、私が本当にひどい人殺しをしているものと思って、――そして私に罪を被《き》せればいいと思って、みさ子さんや、アザミ・バーのマダムを本物の麹町の家の方に連れ込んで――」

豹《ひょう》のように、それまで黙って聞いていたエマ子は、棒切れを振り上げると、いきなり外人に飛びかかった。

「よくもあたしをお前達は！――」

しかし体の大きい外人とエマ子では勝負は初めから分っていた。外人はうまくエマ子の両手を捕えてしまった。

「畜生！　畜生！　殺せるものなら殺してみろ！」

エマ子は足で外人の体をやたらに蹴《け》りながら叫んだ。

「いいえ、私はエマ子さんとは違います。人を殺すようなことは、ようしません」

「そんなら離せ！」

「いいえ、離す前に聞きたいことがあるのです。みさ子さんはとにかくとして、どうしてあなたはアザミ・バーのマダムまでも殺したのです？」

「殺すのが面白かったから殺したまでさ。それに、マダムのためにお前を知ったのが口惜《くや》しかった」

「なるほど、そうですか。そしてマダムを殺したところへ警官が来たので、それであなたは、私に麻睡剤をかがされたなんて、あんな芝居を打ったのですね？」

「そんなことはどうだっていい。手が痛いじゃないか、早く離せ！　離せったら！」

「いいえ、離せません。離すと私が人殺しになってしまいます。もうすぐ巡査が来るはずですから、それまで辛抱していなさい」が、そう言ったか言い終わらないうちに、

「あッ！」と叫んで、のけぞった。

驚いてエマ子が外人の後を見ると、いつの間に忍び込んで来たものか、血ぬられたナイ

フを片手に握りしめて、五月がそこに立っていた。

「早く逃げろ！」五月は短く命令した。

「ありがとうよ、五月さん！　だけどあんたはどうしてここへ？」

「このスタジオにあれからずっと隠れていたんだ。俺の好意を無にせずに、とにかくここから逃げて行け。早くしないとジケが来る！」

さすがにエマ子は女だった。それを聞くと、それでも名残り惜しそうに、二三度五月を振り返ってから、そっと裏口から逃げ出した。

と、一足違いといいたいぐらいに、幾つかの黒い影が、足音を忍ばせながら、スタジオに吸われて行くのを、エマ子は物蔭《ものかげ》にかくれながら見た。

翌日の新聞はこの事件の結末を報じたが、それによると、当夜どこからともなく捜査本部に「魔の家の真犯人を引き渡すから、すぐに東活スタジオまで来てもらいたい」との電話がかかって来て、時を移さず大森署の応援を得て襲ったが、そのときには真犯人の怪外人は五月のために殺されていたと報じていた。

それからエマ子と井手江南については、当局の嫌疑を怖れたため逃走したと書かれていた。

自称探偵小説家井手江南は、怪屋事件の真相を解決しただけで満足したのか、それとも異様な彼の趣味の公になるのを恐れたのか、それともあるいは、エマ子に対して変態的な愛慾《あいよく》を感じていたためであったのだろうか。それきりついに、真犯人を当局に知らせて出ようとはしなかった。

《ショート・ショート・ストーリー集》

桜草の鉢

一

「悪いことは出来ないものね。誰知るまいと思っても、あたしちゃんと知っててよ。この宝はあたしのものよ、さようなら」

――と、ここまで書いて来て布井《ぬのい》君は、ビリリッと原稿紙を引き裂くと、

「駄目だ、駄目だ」

と、頭を抱て畳のうえに仰向《あおむ》けになった。布井君は小説家である。だが同じく小説家といっても、引手あまたの人気作家もあるしいくら書いても原稿の売れない哀れな無名作家もある。布井君は後のほうなのだ。彼が今書いているのは一種の家庭小説で、良人《おっと》がほかに愛人を持っていることを知った妻が、子供を連れて家を出ようとする場面である。

だから、

「この宝はあたしのものよ」

というのは、つまり子供のことなのだが、布井君にはどうもこの表現が気に入らない。

子宝なんて古すぎるような気がするのである。

「駄目だ、俺は小説家という柄じゃないんだ」

布井君は自棄になって頭を搔《か》きむしる。といって他に収入のある布井君でもなかったしおまけに細君の出産を来月にひかえて、どうしても纏《まと》まった金を作る必要があったのだ。

「あら、どうかなすって！　気分が悪いの？」

そこへ細君の美枝《みえ》が買物から帰って来た。

「ううん」

「あら、また書けなくていらいらしているのね。焦っちゃ駄目よ。無理をしないでよう」

「うう、だけどいよいよ来月だと思えばね」

「お金なんかどうにかなるわよ。いまあなたに患われたらそれこそ困るわ。ほら、牛肉を買って来たから御飯にしましょう」

美枝は布井君とは反対に至って朗かな性分だ。貧乏も大して苦にならないらしい。年は二十三だが十八九にしか見えず、いかにも無邪気で、それだけにまた布井君は、この若い細君に苦労をかけるのが堪《たま》らないのである。

「さあ、支度が出来ましたから元気を出して」

「うう」

と、布井君は元気なく起きあがったが、そのとたん机の上の桜草の鉢を見て、

「おや、これは君が買って来たのかい？」

「ええ、そう、あなた、今日が私たちにとってどういう日だか憶《おぼ》えていらっしゃる？」

「ああ、今日は僕達の結婚一周年だったね」

「そうよ。新宿へ出るとちょうどそれが眼についたので、思い出に買って来たのよ」

美枝は子供っぽい眼をパチパチさせた。

桜草には二人のはかない思い出がある。結婚以前、美枝は布井君のいきつけのある喫茶店の女給をしていた。布井君はいつか彼女に心を惹《ひ》かれるようになっていたが内気な性とて、直接にぶつかるなど思いもよらない。

ところがその喫茶店にはいつも桜草の鉢が飾ってあった。ある時布井君は彼女あての手紙を、そっとその鉢の下に忍ばせて帰ったところが、翌日行ってみると同じところに美枝の返事がおいてあったというわけで、つまり桜草は二人にとって結びの神だった。

それにしてもやがて母になろうというのにいまだにあんな子供らしい思い出を喜んでいる細君が、布井君は急に可憐《いじらし》くなって来た。

「今夜K先生とこへお伺いしてみよう。翻訳の仕事でもあるかも知れないからね」

夕食の後、布井は元気を出して言った。

「そうね。じゃ、行ってらっしゃい」

ところが布井君を送り出してから、美枝もふと、友達のS子のところへ行ってみようと

思った。少しぐらい工面がつくかも知れない。そこで彼女は急いで身支度をしたが、ふと、思いついて、あり合う紙に鉛筆で、

「S子さんのところへ行って来ます。十時頃までには帰ってまいります」

と走り書きをすると、それを四つに折って桜草の鉢の下へおいた。

「ふふふ、さっき話をしたばかりだから、きっと気がついてくれるに違いないわ」

美枝はいそいそと出かけたが、この手紙がどんな事件を起こすか夢にも気がつかなかった。

二

布井君が帰って来たのは九時半頃である。玄関の格子に手をかけようとすると、ふいに暗闇からお巡りさんが出て来て声をかけた。

「もしもし、君がこの家の主人ですか」

「ええ、そうですが」

「君はこの男を知っていますか」

見るとお巡りさんは一人の男の手をしっかり握っている。むろん全然知らぬ男だった。眼つきのよくないうさん臭い男だ。

「いいえ。この人がどうかしたのですか」

「実はいま、こいつがお宅から出るところを見たのですが、挙動がおかしいので誰何《すいか》したら、あなたと友達だというんです」

そんな押問答をしているところへ美枝も帰って来た。むろん彼女もそんな男にちかづきはなかった。

「そうらみろ、ひどい奴だ。ともかく家の中を調べて下さい。紛失物があるといけないから」

お巡りさんの注意に夫婦はあわてて調べてみたが、別に紛失物はなかった。

「そうですか。いや、ともかくこいつは署へ連行します。近頃は無用心ですから、あまり家をあけない方がいいですよ」

お巡りさんは怪しい男を連れていった。

「まあ、空巣でしょうか」

美枝は気味悪そうに言った。

「馬鹿な奴だ。我々みたいな貧乏人の家へ入って何があるものか。しかし、君はどこへ行ってたの」

「S子さんとこ。でもいやね。空巣に入られても盗《と》られる物もないなんて。あら、あら、いやだわ、誰かこの桜草を引き抜いたの？」

「僕は知らないよ」

見ると、なるほど、さっき美枝が買って来た桜草が、根こそぎに引き抜かれて、机の上は泥だらけになっていた。

「まあ、するとさっきの泥棒かしら」

「おおかた、あまり何もないので憤慨してやっていったのだろう」

「まあ、憎らしい。大事な記念だったのに」

美枝はあわてて生け直しながら、

「あなたK先生のほうはどう?」

「駄目だ。先生は御旅行中だそうだ。今月いっぱいはお帰りにならないって」

「そう、S子さんのほうも駄目よ」

美枝は机の上の泥を掃除しながら、ほうと溜息《ためいき》をついた。

三

ところがその翌日たいへんな事になった。警察から呼び出しがあって、夫婦そろって出頭すべしというのである。

「あらいやだ。昨夜の空巣のことかしら」

「そうだろう、ほかに心当りがないから」

「いやねえ。何も盗まれもしないのに」

二人が恐る恐る出頭すると、司法室では果して、見憶えのある昨夜の男が、取調べられている最中だった。その男は二人を見ると、ギロリと敵意のこもった眼を光らせた。

「いや、ご苦労さま、あなたが奥さん？」

取調べに当った司法主任は、にこにこしながら美枝のほうを振り返ると、

「奥さん、あなたルビーをどうしました？」

と、いきなり訊《たず》ねかけた。

「ほら、桜草の鉢の中にあったルビーですよ。困りますなあ、悪戯《いたずら》をしちゃ。お持ちならすぐここへ出してくれませんか」

言葉は大変叮嚀《ていねい》だがどこか威嚇するような響きがあった。あまり意外な言葉に、布井君も美枝もすっかり面喰《めんくら》ってしまった。

「まあ、ルビーですって？」

「何か間違いじゃありませんか。うちの奴がルビーに縁などあるはずはありません」

「黙れ、旦那《だんな》、こいつら共謀ですぜ」

ふいに横合いから昨夜の男が怒鳴った。

「貴様は黙ってろ」

司法主任は鋭く相手を叱りつけておいて、

「奥さん、これはあなたが書いたのでしょうな」

取り出したのは、昨夜美枝が桜草の下において出た、良人《おっと》あてのあの手紙だった。

「あら。え、ええ、そうですけど、でも……」

「と、するとこれはどういう意味ですか。一つ読みますよ。——悪いことは出来ないものね。誰知るまいと思っても、あたしちゃんと知っててよ。この宝はあたしのものよ……」

「あら！」

美枝も驚いたが布井君もびっくりした。

「あ、ちょ、ちょっと、それは、それは僕の原稿の書きつぶしなんですが」

「何？　原稿？」

「ソ、そうです。ぼ、僕は小説家なんです」

布井君は思いがけないところで、自分の小説が問題になったので真赤になってしまった。

「ほほう！　しかし、今奥さんはたしかにこれは自分で書いたとおっしゃったが」

「あの、あたしの書いたのは裏の方ですの」

「裏！　どれどれ」

司法主任はあわてて裏をひっくり返す、にわかにウームと唸《うな》ってしまった。

「いや、これは、これは——」

「警部さん、いったいこりゃどうしたんですか」

布井君は不審でたまらない。警部もまだ腑《ふ》に落ちぬ面持ちで一同を見廻《みまわ》しながら、

「いや、少し妙な話ですがね。実はここにいる男は鼬《いたち》の万吉といって有名な掏摸《すり》なんです。昨日こいつが街頭で、さる婦人からルビーの胸飾りを摸《す》ったのですが、近所に顔見知りの刑事がいたものだから、危いと思って、とっさの間に、側にあった植木屋の、桜草の鉢ん中へそいつを押しこんだのだそうです。ところがその鉢を奥さんが買って帰られた。こいつめあわてて後をつけていくと、昨夜お宅へ忍びこんだというわけですが、さて鉢の中を掻《か》き廻してもルビーが見えない。おまけに鉢の下にこのような手紙——原稿ですか、こいつがあったので、奴《やっこ》さん、すっかり奥さんにルビーを横盗りされたんだと思って……」

「まあ、でもあたし存じませんわ。ひょっとすると別の鉢じゃありませんかしら」

「そんなはずはねえよ。俺あ、たしかに手前がその鉢を買うのを見たんだ」

「奥さん、私は奥さんをお疑いするんじゃありませんが、こいつのいうことも嘘とは思えないので、奥さんに思い出していただきたいのだが、桜草を買ってお帰りになる途中、何か変だと思うようなことはありませんでしたか。誰かがこいつの仕事を見ていて、途中で奥さんの持っている鉢から、ルビーを抜き取っていったのかも知れない。例えば電車の中などで……」

「いいえ、あたし電車なんかに乗りゃしませんわ。それに……あっ！」

と、ふいに美枝は息をのんだ。

「もしや、じゃ、あそこで……？」

「え？　何か心当りがありますか」

「実はあたし、帰りに牛肉屋へ寄ったんですの。その時、持っていた鉢をカウンターの上においたんですが、帰る時にみるとそのお店にも同じような桜草の鉢がもう一つ飾ってありますの。大変よく似てて、あたし自分のはどちらかしらと迷いましたが、つい手近のほうを持って帰ったんですが、もしや、あそこで……」

「そこだ！」

司法主任はいきなり叫んだ。

さて、ルビーは果して牛肉屋に残された桜草の鉢の中から出て来たのだが、間もなくこれを摸られた婦人というのも判明した。その人はたいへんお金持ちだったし、それにルビー発見の顚末《てんまつ》をきいてひどく美枝の濡衣《ぬれぎぬ》に同情したものだから、かなり多数の謝礼を美枝に贈ることになった。

この謝礼を取り次いだのは例の司法主任で、その時彼はにこにこしながらこういったそうだ。

「奥さん、小説というやつもまたなかなか役に立つもんですな、万吉という奴は一筋縄ではいかん奴で、尋常ならルビーのことなど白状しっこなかったんですが、あの文章を読んで、てっきり奥さんに横盗《よこど》りされたと思ったもんだから、その腹癒《はらい》せにこちらが問いもしないのにべらべらしゃべってしまったんですよ。はははは、どうですこういうのは小説にはなりませんか」

言われるまでもなく布井君はこれを小説に書いた。ところがこれが首尾よく売れたのがきっかけで、近頃ではポツポツ原稿の注文があるというのだから、間違いもまた幸いなりというべしだろう。

嘘

　嘘つきの天才深田一夫が死んだので、友人たちが通夜に集まった。友人たちの話題は、当然、死んだ深田一夫の嘘つきの天才ぶりに集中した。

「今度は嘘じゃないんだろうな。奴《やっこ》さん、こうやって極楽往生してるような顔をしているが、いまにひょっこり起きて来て、おい、おれも一杯飲ませろよなんてやりだすんじゃないか」

「いや、今度はさすがに嘘じゃないらしい。嘘つきの天才も、メチルにゃ勝てなかったと見える」

「しかし、考えてみると、昨日までピンピンしてた奴が、一夜明けるとこのとおりというのだから、おれはやっぱり嘘みたいな気がする」

「実際、深田が死んだという通知を受けたときには、おれは、とうてい信じられなかったからな。例の手で奴さん、またやってるなと思ったもんだ」

「誰だってそうだろう。深田の死には、われわれ一度まんまとやられているからね」

深田一夫が死をもって、一度天下を欺いたというのはこうである。戦争中かれはビルマにいた。そこでかれは敵弾を左胸部に受けて戦死したということになっていた。弾丸は心臓部を貫いたのである。この通知を受けて友人たちはまえに一度、かれのために追悼会をいとなんでやったことがある。ところが、戦争がすむと間もなく、のこのこかれが復員して来たから一同あああっと驚いた。

「おいおい、いやだぜ。われわれはおまえが死んだものと思って、追悼会までひらいてやったんだ。会費損しちゃった」

「そんなこと、おれが知るもんか」深田一夫は空うそぶいて、

「そもそもこのおれが、そうやすやすと死ぬものと思っているのからして認識不足さ」

「と、言われても仕方がないが、それじゃ左胸部に敵弾を受けたというのも嘘だったのかい」

「いや、あれは本当さ。ほらみろ、ここに弾丸の入った痕《あと》が残っている」

深田一夫はワイシャツの胸をひらいてみせたが、なるほど、そこには巾着の口をしぼったような瘢痕《はんこん》が残っていた。

「ふうむ。それで助かったのかい。君、そこはちょうど心臓部じゃないか」

「そうさ」

「心臓を貫かれて、それでまだ君は死ななかったのかい」

「いや死んださ。えんまの庁へ入ったのさ。するとえんまめ、横丁の質屋のオヤジみたいな眼鏡をかけて、大きな大福帳みたいな奴を調べていたが、その方名前はなんというと来やあがったから、これこれでございますと答えたら、えんまめ妙な顔をして、それは何かの間違いだろう、なになにならばまだ地獄に用はないはずである。それ、者共、そやつをもう一度娑婆《しゃば》へ追いかえせ、と、そうおえんま様が命令すると、赤鬼や青鬼どもがよってたかっておれの襟髪ひっつかんで、娑婆へ投げかえしてくれたのさ」

「へえ妙だね、深田一夫ならばもうとっくの昔から、えんまの庁の帳簿にのっているはずだがね」

「そうさ。おれだってそれを知っているから、うっかり本名は名乗れない。そこでちょっとひとの名前をかりた」

「ふふん。えんまの庁で嘘を吐いたのかい。いったい誰の名前をかたった」

「おまえの名前を借りたよ。貴様喜べ、おまえの名はまだえんまの庁の帳簿にゃのっていないらしいぞ」

「こん畜生、それにしてもおまえはよくよく嘘の天才だね。追悼会の会費をかえせ、さもなくば今度死んでも追悼会などひらいてやらねえぞ」

その深田一夫が死んだのである。心臓部が貫通銃創をうけても死ななかった深田一夫も、メチルにはかなわなかったらしい。露店の焼鳥屋で一杯ひっかけたのがもとで、その夜、昇天してしまったのである。ところで深田一夫は以前から妙な遺言をしていた。おれが死んだら医科大学へ死体をもっていって解剖の材料にしてくれというのであった。そこで通夜の翌日、友人たちはかれの死体を大学の教室へ持っていったが、そこで死体解剖に当った某医学博士は、世にも感にたえたようにこういったのである。「この男、左胸部に貫通銃創を受けても死なななかったはずである。世にも珍しい内臓転位。この男の心臓は右にある!」

すなわち深田一夫は身をもって天下に嘘をついていたのであり、かれを殺すつもりで左胸部へ突入した運命の弾丸も、中へ入ってみてから、ありゃりゃとばかりに、深田の嘘にさぞ口惜《くや》しがったことだろう。

霧の夜の放送

東京には珍しい霧の深い夜だった。

町は、まるで海の底のようにじっとりと濡《ぬ》れて、最早起きている家は一軒もない。

時刻は夜中の三時過ぎ。

勝見俊助は、さっきからこの霧の中を、酔漢《よっぱらい》のように彷徨《さまよ》うている。帽子も外套《がいとう》もしとどに濡れて、折々ポトリと帽子の縁から垂れる滴は、頬を刺すように冷たかった。

（一体ここはどこだろう？）

俊助は、ふと立止まってあたりを見廻《みまわ》す。

京橋にある女の家を出たのち、彼はわざと裏通りから裏通りへと選《よ》って歩いているうち、いつしか道に迷ったらしい。しばらく途方にくれた面持ちで、彼は暗い霧の中に立ちすくんでいたが、その時俄《にわ》かにズキズキと左手の小指が痛み出したので、

「畜生！」

と、口の中で呟《つぶや》くと、急ぎ足に、つと暗い横町を廻ったが、その途端、彼はぎょっとし

たようにまた立ち止まった。二三軒向うに、ボーッと霧に滲《にじ》んだ灯が見えたからである。

(はてな、今頃店をあけてる家《うち》があるのかしら?)

俊助は不安そうに前後を見廻したが、今更あとへ引き返す気にはなれない。ええい、ままよと、急ぎ足にそのまえを通りすぎようとした時、ふいにゆらゆらと店の中から出て来た影が、つと彼の前に立ちはだかった。

「旦那《だんな》、お寄りになりませんか。面白いものがあるんですがね」

声と共にボーッと霧の中から浮き上がったのは、顔中皺《しわ》だらけの陰気な老人。俊助は思わず叫びそうになるのを、やっと制《おさ》えて、

「面白いものって何だね?」

「ラジオの放送があるんです」

「放送? 馬鹿な、今何時だと思っているんだ。夜中の三時だぜ」

「へへへへ、さようで。何しろね、この時刻でないと聴けない実況放送でしてね」

言いながら、俊助の腕をつかんだ老人の掌《てのひら》は、氷のように冷たかった。

「ナ、何をするんだ、僕は急ぐんだよ」

「いいからお聴きなさい。二度と聴けやしませんぜ。殺人現場からの放送なんですぜ」

「殺人現場?」

「そうなんで。人が殺されるんです。そこを現場から放送するんですよ」

老人がぐんぐんと強い力で引き摺《ず》り込んだ暗い店の中には、なるほど、旧式なラジオが一台すえてあって、そこからジーンというような侘《わび》しい物音が洩《も》れている。

「何も聴えやしないじゃないか」

「まあお待ちなさい。今、人殺しが忍びこんで来たところなんで。今に……ほら、旦那！」

老人の言葉も終わらぬうちに、突然、

「あれえ！」

という女の悲鳴が、ラジオから洩れて来た。

「あれえ！　あ、あなたは、あ、人殺し！」

ラジオが破《わ》れるような高い悲鳴とともに、ドタバタと争う物音が聴えたが、やがて、

「あ、痛ッ、畜生、放せ！　痛ッ、痛ッ！」

と、太い、押し殺したような男の呻《うめ》き声。つづいて、ガチャーンと物の倒れるような音が聴えたと思うと、

「あれえ！　ああー　あー　あー」

女の呻き声が次第に弱まってゆくと、やがてドタリと人の倒れるような鈍い物音なのだ。

それからしばらく刺すような静寂《しずけさ》、その静寂《しずけさ》の底から聴える、荒々しい男の息使い、忍び歩きの音、やがて低い男の呻き声。

「畜生！　とうとう小指を喰《く》いきりやがった！」

そこまで聴いた途端、俊助はふいに、骨の髄まで冷たくなるような恐怖を感じた。

「はははは、どうです。素敵でしょう。めったにこんな放送なんて、聴けるもんじゃありませんぜ。どうやら女は殺される時、男の小指を喰いきったらしいですね。おや、旦那、どうかしましたか」

「い、いや、どうもしない」

「でも、旦那の顔は真蒼《まっさお》ですぜ。あ、旦那のその小指はどうしなすった。血がついて……あ、小指を嚙《か》みきられている！」

俊助はふいに、老人の顔がボヤーッと霧の中へぼやけてゆくのを見た。店もラジオも灯《ひ》の色も、一時にスーッと、暗く冷く消えていった。

俊助はふらふらと酔漢《よっぱらい》のような足取りで外へ飛び出した。外は相変らず深い霧。その霧の中で彼は、どしんと塀のようなものにぶつかった。

《逃げなければならぬ。逃げなければならぬ》

夢中になってその塀を駆けのぼった俊助は、真暗な霧の中へ飛び下りたが、その途端、

「あ、あ、あ、あ――」

霧を劈《つんざ》く悲鳴と共に、俊助の体は両国橋の鉄柵の上から真逆様に水の中へ落ちていった。

×

あの有名な映画女優、緒方梨枝《おがたりえ》が、京橋にある自宅の一室で、むごたらしく絞殺されているのが発見されたのは、その翌朝のことだった。そして、それと同じ頃、彼女のかつての愛人勝見俊助の死体も、隅田川の河口から発見された。おそらく俊助は、心変りをした女を絞殺した挙句、己れも投身自殺を遂げたものであろうという世間の噂だったが、しかし俊助が投身の直前に聴いた、あの奇怪な深夜のラジオ放送については、誰一人知る者はなかった。

俊助は実に、ラジオの中で己れの声を聴き、そして己れが殺した女の最後の悲鳴を聴いたのである。

首吊り三代記

伊丹屋《いたみや》の主人重兵衛《じゅうべえ》が、そんな馬鹿馬鹿しい妄想に捉《とら》えられたのは、多分、四十二の厄年で、その前年の前厄に、女房を失ったり、子供がはしかにかかったり、いろいろな苦労や心配の種が急に重なった結果、神経衰弱にかかっていたのに違いなかった。

それまで、しごく平穏無事な人世を送って来ただけに、そういうちょっとした蹉跌《さてつ》も、すっかり彼を参らせてしまった。そうなると、今まで忘れていた、あの馬鹿馬鹿しい伝説が、急に思い出されて来るのであった。

伊丹屋の主人は、きっと首を縊《くく》って死ぬに違いない——と、そういう世間の取沙汰《とりざた》である。

これは理由のないことでもなかった。

先代の伊丹屋重兵衛も首を吊《つ》って死んだ。先々代の重兵衛も、やはり首を吊って死んでいる。不思議に同じようなことが二度続いている。二度あることは三度ある。——さてこそ、伊丹屋の当主、現在の重兵衛も首を吊って死ぬに違いないというのである。

重兵衛は幼い時から、だからこの首吊りという言葉をどんなに嫌ったか知れない。彼の父親が、裏の蔵の中で首を吊ったのは、彼が二つの時であった。だから重兵衛はその当時のことは何も知らない。

でも、後年、彼が成長してから、いろいろ当時の模様を知るに及んで、父が首を吊ったには、それ相当の理由があったことが分った。

彼はまた、祖父の代にまで遡《さかのぼ》って、祖父が首を吊った当時の模様をも調べてみた。すると、そこにも、のっぴきならぬ動機のあることが分って、少し安心した。

つまり、この、不思議にも二代続いた首吊り事件には、それぞれ違った動機や原因があったので、けっして首吊りそのものが伊丹屋に遺伝しているわけではないのだ。

「なあに、祖父も親父も、商売にしくじったり、思わぬ手違いが出来たために首を吊ったのだ。俺はだからできるだけ手堅く、商売の手を引き緊《し》めて行こう。そうすれば、別に首を吊らなければならぬ原因なんか起こりはしないのだ」

重兵衛は、この年になるまで、何度《いくど》となく自分自身に向って、そう言いきかせて来た。そして、一家が平穏無事である間は、それで安心することができたのである。

それが、打続く家内の病気や死亡で根を疲らせたのだろう。今年になって、急に、この無気味な伝説が気になり出して来た。おまけに、今年は四十二の厄年と来ている。何かしら、自分にも分らない災難が、知らぬ間にのしかかって来そうな気がする。

「ナーニ、自分さえ、しっかりしていればいいのだ。まさか、夢の間に首を吊って死ぬようなこともあるまいて」

重兵衛は太いなた豆煙管《まめぎせる》で、ポンと吐月峰《はいふき》を叩《たた》きながら、腕組みをして考え込んでいる。これが、この頃の彼の癖であった。

ところが、ちょうどそういう時も時であった。

重兵衛はある日、新聞でふと、気味の悪い記事を見つけたのだった。

意外!! 首吊りと見せたは犯人の策略。
紫の扱帯《しごき》で首を絞めておいて

と、そういう標題が、生きているもののように彼の眼に入って来た。首吊りという言葉は、彼には何かしら、深い因縁のある言葉のようで、一眼《ひとめ》で彼の眼に入って来るのである。読んでみるとつぎのような意味の記事であった。——府下××町に住む山田安蔵という金持ちの隠居が、先月末自宅の物置きで首を吊っていたのが発見された。原因は多分、リウマチスを悲観してだろうと取沙汰されていたが、最近になって、突如意外な事実が発見された。安蔵にはかねがね女中ともつかず妾《めかけ》ともつかず身の廻《まわ》りの世話をしているお妙《たえ》という女がついていたが、事実はこのお妙が、安蔵を絞め殺しておいて自殺をよそおわせたものである。無論兇行《きょうこう》はお妙一人の手でなされたものではなく、情夫の鉄造という男が手伝ったらしい。云々《うんぬん》。——

と、そういう意味の記事である。

重兵衛はそれを読むと、ぎょっとして、新聞を膝《ひざ》から落した。今まで彼は、首吊りというようなことは、自分の意志からでなければできないものとばかり思っていたのに、この記事で見ると、他人の手によって首を吊らされる場合もあるのだ。

重兵衛は急に不安になって来た。

なるほど、自分には今のところ、首を吊るような動機は何もない。しかし、誰かが自分を恨んでいるとして、人知れず自分を殺害し、この記事にあるように首を吊らせておいたらどうだろう。そうでなくても、伊丹屋の重兵衛は首を吊るに違いないと、世間では取沙汰しているのだ。誰が自分の自殺を疑おう。まんまと、伊丹屋には首吊りが三代続いたということになるだろう。そして、犯人はしすましたりとかげで舌をだしているだろう。……

……

——と、これでみても諸君は、しかし、伊丹屋重兵衛の神経衰弱のほどが分るだろう。いつの間にやら彼はその妄想が、だんだん必然性を以《も》って身に迫って来るのを感ずるのだった。

もっとも、それには全く理由のないことでもなかった。

今彼が新聞記事で読んだと同じように、彼もまた近頃女中ともつかず、妾ともつかぬ女を身の廻りに置いていた。

お霜《しも》といって、今年十七になったばかりの女で、去年の初めに目見えに来たばかりの女だったが、女房の病気中、ついしたはずみで手を出してしまったのである。後で聞くと、お霜には、故郷に許婚者《いいなずけ》の仲になっている男がいるということで、しまったと思ったがもうどうにもならなかった。

お霜の方でも、一度のこの過失のために、何も彼《か》もあきらめてしまったらしく、この頃では生涯重兵衛の面倒を見て終わるつもりらしく、子供の世話なども甲斐甲斐《かいがい》しくやっている。しかし、考えてみればこれは表面だけのことかも知れないのだ。お霜だってまだ若い身だ。自分のように年の違った男に身を委《まか》せていて、それも本妻ならまだしものこと、妾というような日陰の身で、どうして満足などしていられよう。表面はともかく、内心では深く自分を恨んでいるかも知れなかった。

重兵衛はそう考えて来ると、急に眼の前がくらくらとしてきたような気がした。そういえば、聞くところによると、お霜の許婚者という男が、最近東京へ出て来たという話だ。そして、この間もお霜は、叔父《おじ》の家へ行くと言って、一日家《うち》をあけたが、あの時きっと、許婚者に会いに行ったに違いない。

そこでいったいどんな話が持ち上がったろう。——そうつらつら考えて来ると、重兵衛は自分が、新聞に出ていた隠居というのと、全く同じ立場にあるように思えて仕方がない。そうだ、自分を殺すのはお霜とその許婚者の男に違いない。畜生!! あいつらが自分を殺して、首吊りの真似をさせるのだ!! 畜生、畜生!! 重兵衛はそこで、すっかり立派な妄想病患者になりきっていた。

悪いことにはそういう夜も夜。——

重兵衛がふと眼を覚ましてみると、傍《かたわら》に寝ているはずのお霜の姿が見えないではないか。重兵衛はぎょっとして立ち上がった。見ると雨戸が半分ほどくられたままになって、そこから雨気を含んだ風が吹き込んでいた。その風で重兵衛は眼を覚ましたのに違いなかった。寝間着のまま、そっと起き出した重兵衛は、はだしのまま庭へ下りると裏の方へ廻って行った。見ると、水口の辺で、二つの影がもつれ合うようにして、何かひそひそ話をしている。女はたしかにお霜だ。男の方は顔を見たことがないから分らないが、多分許婚者という男だろう。時々、涙に混ったお霜の声が聞える。

重兵衛は急に恐ろしい嫉妬《しっと》を感じた。何かしら、身内の血汐が一時にかっと逆上するのを覚えた。彼は夢中になって、手に触ったものを握りしめた。その後のことはほとんど覚えていない。

重兵衛がお霜と許婚者の男を殺したかどで逮捕されたのは、それから十日目のことである。重兵衛は夢中になって二人を殴殺すると、さて急にこみ上げて来た恐怖のために、全く人鬼《ひとおに》となってしまったのだ。彼は二人の体をずたずたに斬《き》りさいなむと、それを二つの大トランクに詰めて、暁方頃《あけがたごろ》、これを品川の沖に流したのである。トランクはしかし、うまく海の底に沈まなかった。間もなく、これが浮き上がって、重兵衛は捕えられた。

無論彼のこの恐ろしい所業《しわざ》には、なんら情状を斟酌《しんしゃく》する余裕はなかった。

判事は彼に死刑の宣告を与えた。こうして数ヶ月の後のある朝、重兵衛は監房から引き出された。教誨師《きょうかい》が彼に何か言ったようだが、彼はその言葉をほとんど聞いていなかった。彼はまるで幽霊にでも出会ったように、眼を瞠《みは》って、凝《じ》っと前方を凝視していた。彼の前には薄白い朝霧の中に、竦然《しょうぜん》として一個の台心が組み立てられていた。言うまでもない絞首台だ。

絞首台!!

重兵衛は結局、自分も首を吊って死ななければならないことを、その時初めて知ったのである。

相対性令嬢

それは港町の、海岸通に近いとあるちゃぶ屋の奥まった一室の中です。私たちはそこで毎晩楽しいあいびきを続けていました。

何という、しかしそれは不思議なあいびきだったでしょう。私たちはお互いに名前も知らず、そして素姓などもちろんのことわきまえていないのです。相手の女が、どこの馬の骨やら牛の骨やら、あるいはまた、どんな高貴の生まれの令嬢やら、私は彼女について何一つ知らないのです。そしてまた、彼女にしてからが、やはり同じことだったに違いありません。

それでいて、毎晩八時の時計が鳴ると同時に、私たちはそこで、ぱあっと顔を合わせるのです。そうです、それは本当にぱあっという感じでした。たいていは、いや、ほとんどの時、私の方が彼女より五六分前にその部屋へ来ていました。すると、八時の時計が鳴《と》りはじめると同時に、まるで鳩時計の中の鳩ででもあるかのように、彼女は廊下の方の扉を開いて、ぱあっと顔を出すのでした。

「どう?」

彼女はそう言って、可愛い顔をかしげます。

「いいや」

と私はそう言って、吸いかけの煙草を床の上に捨てるのです。

「さあ」

そこで彼女は、腕白な少女のように腕を拡げて、私の胸にとびこんで来るのでした。そしてそこに、私たちの一時間の歓楽がひらけて来るのでした。

一時間——、そうです。それは全く一時間より一分も短くなく、また一分も長くないのです。

私は前に、彼女のやって来る時間が、いかに正確であるかということを述べておきましたが、それと同様に、あるいはそれにもまして、彼女の帰る時間は正確でした。それがどんなに離れがたい瞬間であろうとも、マントルピースの上のボンボン時計が、九時の最後の音を打つ瞬間には、彼女は驚くべき力を揮《ふる》って私の胸を押しのけます。そして邪慳《じやけん》ながし眼を私にくれながら、

「また明日——」

そうして、房々《ふさふさ》とした断髪を揺ぶりながら、扉《と》を開けて帰って行くのでした。

ある時、私は勝ち誇った微笑に胸をふくらませながら、彼女のやって来るのを待っていました。むろん、例のちゃぶ屋《や》の一室です。

「どうしたの？」

八時が鳴って、扉《と》が開いた瞬間に、彼女はいつもと違っている私の様子に気がついたかして、そう訊《なず》ねました。

「見つけたぞ！」

「何を？」

私は洋服のポケットから一枚の写真を取り出すと、それを彼女の眼の前に投げ出しました。

「馬鹿ね、これがどうしたの」

「君の写真だろ」

「知らないわ」

「似ていると思わないか」

「そうね、そう言えば――」

「おい」

私は彼女の前に立ちはだかって、その眼の中を覗《のぞ》き込みました。

「いい加減に白状し給え、俺あちっとも知らなかった。君があの有名なN判事の令嬢だなんて」

「何を言ってるの、馬鹿、馬鹿」

「いや、とにかく驚いたね、自分のやくざな恋人が、そんなにも有名な令嬢だったなんて」

「夢をみてるのね、そんなことより、さあ」

彼女はそう言うと、その写真をずたずたに引き裂いて捨てると、いつものように腕を拡げました。


私はしかし、それからというもの、何とかして彼女の面皮を剥《は》いでやろうと思いました。彼女は実に、N判事の令嬢に違いない、のです。彼女がいかにはぐらかそうとも、動かぬ証拠を押さえて、彼女に一泡吹かせてやらなければなりません。幸いN判事のごく近所で、そして判事の一家とも親しくしているAという男が、私の友人の中にあったので、ある時、私はそれとなく、その友人に頼みました。

そしてその翌日のことです。

「どうだった？」と私は訊ねました。

「いたよ」

「え？　誰が？」

「令嬢だよ、無論。君に言われた通り九時少し前に判事の家を訪問したのさ。すると令嬢が一番に出て来たよ。ちょうどその時九時が鳴ったがね」

こうして私の第一番目の試みは見事に失敗しました。しかし、私はどうしてもまだ、断念する気にはなれませんでした。私の恋人とN判事の令嬢とは、全く同じ人間に違いないと思いこんでいたものですから。

ある時私は、ふと妙計を思い浮かべました。というのは、彼女の知らぬ間に、こっそり彼女の左の掌《てのひら》に、油墨を塗っておくことなのです。そうして私は、もう一度Aに頼んでみました。

さてその翌日のことです。

「どうだった？」と私は訊ねました。

「いたよ。ちょうど九時が鳴った瞬間だったがね」

「そして――？」

私は息を喘《はずま》せました。

「ところがね」とAも不審そうに頸《くび》をかしげて「不思議なことには、左の掌にはたしかに油墨がついていたよ」

ああ、これは何ということでしょう。やっぱり私の恋人とN判事の令嬢は同じ人間だったのです。それにしても、彼女は毎晩九時までは私の腕の中にいるのです。そしてまた一方、彼女の邸《やしき》にもいるのです。言っておきますが、私たちのあいびきする部屋から、彼女の邸宅までは、どんなに急いでも三十分はかかるはずなのです。

ふざけた小説を書くので有名な山名耕作は、ここまで書いて来たものの、さて、これにどう結末をつけたものか迷った。もとよりこんな馬鹿馬鹿しい話にうまい結末などつく道理はなかった。彼はそこで半ばこの小説を断念していた。

そこに、彼の友人なる、同じくふざけた読物書きであるところの山野三五郎が這入《はい》って来たのである。彼は山名耕作から、一通りその小説の筋を聞くと、

「なあんだ、そんなこと」

と彼は一言のもとに結末をつけてしまったのです。

「アインシュタインの相対性原理によると、光より早い速力で運動すると、時間を逆転させることができるんだぜ、だから、つまりその令嬢というのは――」

「ああ、分った、分った」

そこで山名耕作は「九時の女」とつけようと思っていたのをよして「相対性令嬢」と改めたわけである。

ねえ！　泊ってらっしゃいよ

あなたは確か、S駅裏にあるM軒というカフェーをご存知でしたね――（と、私の友人橋場仙吉が話すのである）そうそう、いつかご案内したことがありましたっけ。

この間、泉谷瞬吉とあすこへ行ったのですがね。ええ、逗子《ずし》から通うようになってからは、あすこだと、汽車に乗遅れる心配がないので時々出かけるのです。

その晩は、しかし他で飲んでいる間に、とうとう横須賀《よこすか》行きの終列車に乗りはぐれてしまい、仕方がないところから、

「泉谷君、今夜、君んとこへ泊めてくれない？」

「いいとも、おいでよ」

「そう――。じゃ、別にあわてる必要はないんだから、どうだ？　久し振りにM軒へ行って見ようか」と、そんなことから、あすこへ出かけることになったのです。だから、時間にして、すでに十二時近い頃でしたろう。

そこでまたビールを二三本飲んでいるうちに、看板の時間は過ぎてしまうし、他の客と

ては一人もいなくなる始末で、私たちもようやく、お神輿《こし》を上げることになったのです。

言い忘れましたが、泉谷瞬吉というのは、郊外の中野に家《うち》を持っているので、私たちはSからM方面廻りの山手線《やまのてせん》へ乗ることになるのですが、ちょうど、プラットフォームへ上がって行くと、今まさに、電車が発車しようとする瞬間なんです。

泉谷瞬吉は、僕ほど酔ってはいなかったし、それに日頃から、なかなか軽快な男のことですから、それを見ると、いち速く飛び乗ったのですが、僕はそうはいきませんや。

ぼんやりと、まるで魂が抜《ふ》けたように、プラットフォームへ取り残されたのです——後で聞くと、親切者の泉谷瞬吉は、次の駅から引返えして、わざわざ見に来てくれたのだそうですが、酔っ払っていた私は、

「何でえ、馬鹿にしてやがらあ！」と、独り悪態をつきながらまたふらふらと、S駅を裏口の方へ行ったのですが、するとそこで、バッタリと、M軒にいる愛子という女給に出くわしたのです。

「おや、どうしたの？　橋場さん！」

と、彼女が訊《たず》ねます。

「どうもこうもねえや、置いてけぼりを食っちゃったんだよ」

「まあ、ふらふらしてるわね。しっかりなさいよ。逗子へはもう帰れないんでしょ」

「当り前だい」酔っ払うと、私はずいぶん不良青年じみてくるんですな。

「どうするの？　今夜……」

「神楽坂《かぐらざか》へでも行って泊るよ。愛ちゃん？　親切があるなら、自動車《タキシー》を呼び止めてくんない？」

「お止《よ》しなさいよ、そんなこと。それよりか、あたしが世話をしてあげるから、この近所へ泊らない？　ついそこなのよ」

「へえ、この近所に、そんなところがあるのかい？」

「いいから、ついてらっしゃいよ」

と、そう言って彼女が、私を引っ張って行ったのはS駅の裏から曲りくねった路地の奥ですが、その辺は区劃《くかく》整理のため全部取り毀《こわ》されてしまったのだが、どうしたものか、その一軒だけぽつねんと残っている二階建てなんです。

「小母さんいる？」彼女が言うと、奥の方から五十格好の汚い婆さんが出て来たが、そこで二人して、何かポシャポシャ話していたと思ったら、

「お上がんなさい！」と、彼女から先に立って、とんとんと二階へ上がって行ったのです。見るとそこは、四畳半と六畳の二間きりしかない、朝になると、陽がカンカン当りそうな汚い部屋なんです。

　その時はしかし、女もてっきり一緒に寝て行くのだと思って、僕は内心嬉《うれ》しくないこともなかったのですが！　ところが、彼女は四畳半の部屋の方へ蒲団《ふとん》を敷くと、

「さようなら！」と、さっさと帰ってしまうじゃありませんか。

おやおやと、私はこの二度目の置いてけぼりに、しばらくぼんやりしていたのですが、するとギチギチと階段を鳴らして上がって来たのが、さっきの婆さんです。

「どうしたんです、喧嘩《けんか》でもしたんですか？」と言って、それから急に声を落とすと、「どうです？　愛ちゃんに内緒で誰か呼びましょうか」

その時私が、どんな返事をしたか？　何しろひどく酔っ払っているので、よく覚えていないのですが、いや、本当ですよ。実際眠くって仕様がなかった、その時は——。

ところが、朝になって咽喉《のど》が渇くので、ふと眼を覚ますと、僕の隣りに女が一人寝ているじゃありませんか。僕が眼を開いた瞬間、女もうっすらと眼を開いたのです。イヤ驚きましたね。

「おや？　君、来ていたのかい？」

「来ていたのかじゃないわ」と、女は今眼が覚めたばかりとは思えぬほど、ハキハキした調子で、

「ひどいのね。あたしがいくら起こしても、ぐうすらぐうすら寝ているんだもの」

「嘘つけ！」と、私は枕下の水を飲みながら、

「人が寝ているのをいいことにして、こっそりと忍び込みやがったんだろう。ちぇッ！残念なことをしたなア」

「嘘よ！　そんなこと……。そんなら……」

言ったかと思うと、いきなり女は、私の首に逞《たくま》しい腕をまきつけたものです。

言い忘れましたが、それはもう朝の九時頃のことで、前の晩予想した通り、陽がカンカン当っています。従って私の顔の上にのしかかって来た女の、きめの荒い、ざらざらとした皮膚が、まるで望遠鏡写真で撮影した月の表面のように、物凄《ものすご》く私の眼に映ったのです。

「うわ！　助け給え、神様！」と、私は心の中で叫ぶと、急いで蒲団をはねのけ、洋服を着るのもそこそこに、その家を飛び出したというわけです。見ン事、三度目の置いてけぼりをこちらから喰《くら》わして……。

悧《り》口《こう》すぎた鸚鵡《おうむ》の話

B男爵夫人の鸚鵡《おうむ》自慢の話は、社交界でも有名な一つ話になっています。

なんでも、その鸚鵡というのは、R汽船会社のR丸に船長として乗り込んでいる、B男爵の従兄《いとこ》が、南洋土産にといって持って来てくれたものだそうですが、その悧口《りこう》さときたら、とても人間が遠く及ばないということです。

「ほんとうに、うちのロローときたら」——

と、だから、男爵夫人は二言目には、その可愛い鸚鵡の話です。ロローというのがその鸚鵡の名なのです。

実際、もし、夫人の自慢話が全部ほんとうであるとすれば、その鸚鵡ロロー君は、まれに見る天才鸚鵡と言わねばなりません。

「ねえ、うちのロロー、ほら、あの鸚鵡ですの。あたし、あんなに悧口な鸚鵡というのを、今まで、一度だって見たことがありませんわ」

と、今夜もまたしても、B男爵夫人の鸚鵡自慢の話が始まりました。それは、毎月吉例《まいげつ》になっている、男爵夫人のお茶の会《ティー・パーティー》の席のことで、五人のお客というのは、みんな夫人の一番親しい女友達ばかりでした。だから、その人たちは、今までにも、耳がたこになるほど、ロロー君の自慢話を聞かされているのですが、そうかと言って、礼儀上、またかというような顔をするわけにもまいりません。

「まあ、あのロローさん、ほんとうに可愛い鳥ですわね」

と、そこはまア、社交上、そういうふうに、相槌《あいづち》を打たなければならぬというわけでした。

「ええ、あのロロー、それはそれは悧口なんですよ。この間もこんなことがありました」

と、いよいよB男爵夫人の自慢話が始まりました。天才鸚鵡ロロー君は、いかにも自分の噂が人々の口にのぼっていることを、ちゃんと知っているように、止り木の上に、誇らしげに胸をふくらませております。

「――こんな話なんです。まア、お聞き下さいな。このロローの聴覚ときたら、それこそ、とてもとても、われわれ人間の、思いもよらぬほど、鋭敏なんでございますわ。

――例えば、あたしたち三人、あたしと、主人と、娘との三人でございますね、この三人が別々に外出するとするでしょう。そして、また、別々に帰ってまいりますわね。するとあなた、この鸚鵡は、その姿を見せないうちから、ちゃんと今帰って来たのは誰かということを知っているんでございますよ。

――初めのうち、あたし、気味が悪うございましたわ。だって、自動車を降りて、まだ玄関へも入らないうちに奥の方から、『オクサマ、オクサマ』――と聞えてくるんでしょう。そうかと思うと、主人と娘が、別々に外出しておりますわね。そして、私が待っているところへ、どちらかが帰ってまいりますわね。すると、このロローが、いつでも、『オジョウサマ』とか、『ダンナサマ』とか、言い当てるんでしょう。だから、あたし、驚くというより、むしろ気味が悪いくらいでございますわ。

――ところがね、この間やっと、分りましたよ。ロローはね、自動車のエンジンの音で聞き分けるのでございますよ。ほら、ご承知の通り、あたしの自動車はキャデラックでしょう。そして主人のはパッカード、娘のはシトロオエンでしょう。ロローはこの三つの自動車のエンジンの音を、ちゃんと聞き分けるのでございますよ。

――それについて、面白い話がありますのよ。この間ね、女中が台所で、コーヒ皿を一ダース引っ繰り返したのですよ。とても、大きな、いやな音がしましたわ。するとね、なんと思ったのか、ロローがいきなり『ヤマモトサン、ヤマモトサン』と言うじゃありませんか。あたし、てっきり山本弁護士夫人がお見えになったのだと思って、玄関へお迎えに出ましたのよ。ところが、見えないのです。ロローの間違いだったんですわ。

――あたし、どうしてロローがそんな間違いをしたのかと、悲しくなってつくづくと考えて見ましたわ。すると、しばらくしてやっと分りましたの。そのわけが……。ほら、さっき女中が台所で一ダースのコーヒ皿を引っ繰り返して割ったと言ったでしょう。その音が、山本弁護士夫人の、いつも乗っていらっしゃる、旧型フォードのエンジンの音、そっくりだったのですわ……」

B男爵夫人は、そこで言葉を切ると、誇らしげに一座の人々を見廻しました。しかし、そこには、予期したような賞讃の囁《ささや》きは得られないで、かえって、人々の眼の中には無言の非難が、辛辣《しんらつ》にこめられているのでした。

男爵夫人はハッとしました。その時、初めて、言ってはならないことを、つい喋舌《しゃべ》ってしまったことに気がついたのです。なぜなれば、その夜の五人の客のうち四人までが、旧型フォードの所有者で、そして後の一人は、そのフォードすら持っていない人だったからです。

重苦しい沈黙が、六人の主客の間に落ちこんで来ました。秋の夜は更けて、時計のセコンドを刻む音が、静かに、しかも強く人々の胸に迫って来ます。どこからか、支那蕎麦《しなそば》屋のチャルメラの音が、細く、もの哀れに響いて来ました。

と、突如、今までおとなしく止り木に眠っていた天才鸚鵡ロロー君は、むくりと首をもたげたかと思うと、勇ましく羽搏《はばた》きをしながら、大声で、しかも男爵夫人そっくりの声色で、こう叫んだのです。

「オサンヤ、オサンヤ、チャシュ、ウ、ワ、ン、タ、ン、ヲ、一ツイッテオクレ」

地見屋開業

M・Mという男の話である。

その時分私はさる雑誌社に席をおいていて、この男の原稿を二三度買ったことがある。書くことはなかなか面白いのだが、原稿がいかにもだらしがなく、それにこちらから依頼したものが、期日までに間に合ったためしがなかった。そうして、約束を勝手に反古《ほご》にしておきながらしばらくするとまた、自分の好き勝手なものを書いて、恐縮しながら編輯《へんしゅう》部へ現われるのだった。不潔と、弱気と、弱気からくるだらしなさとで、ずいぶん方々へ迷惑をかけているらしかったが、それでいて会えば憎めない男だった。

ある日、牛込へんに用事があったついでに、私はふと思いだしてこの男が居候をしているという撞球《どうきゅう》場を訪ねた。M・Mはさすがにわたしの顔を見ると、ちょっと照れたような顔をしたが、ちょうど撞《つ》きかけていた客のゲームを取ってしまうと、私に上へあがらないかと言う。私は首を横に振りながら、それより君の方は外へ出られないかと言うと、ちょっと奥へ入っていったが、すぐにこにこしながら出て来てわたしと一緒に外へ出た。

さて、以下読まれるところの文章は、その晩、さるおでん屋で酔っぱらったM・Mが、わたしに話したところを、そのまま受け売りするのである。酔うと饒舌《じょうぜつ》になるらしく、それに座談のうまい男なので、この話の全部が全部、真実だとは保証しがたい。

——いつも原稿をすっぽかしてすみません。いえなに、この二三ヶ月ちょっと忙しくて、手がはなせなかったもんですからね。馬鹿にしちゃいけません。そりゃわたしにだって忙しいこともありますよ。何しろね、これで大事業をはじめたもんですから。本当ですとも。事業ですよ。大事業なんです。もっともお話すればお笑いになるかも知れません。妙な商売なんです。

——話のはじまりというのはこうなんです。三月ほど前に私はどうしても金の要ることがあったのです。はなはだお恥しいのですが、それがたった三円の金なんです。しかし、三円というような目くされ金でも、できないときはできないもので、どこもかしこも不義理な借金が重なっていて、今さら泣きついて行けるようなところは一軒もないのです。全く弱りました。大袈裟《おおげさ》にいうと、その金がなければ男の顔がつぶれるという場合なんです。

——わたしはもう屈託しきって、とうとう小日向台町《こひなただいまち》のさる先輩のところへ無心に出かけたと思って下さい。そこももう不義理が重なっているのでとても言えた義理じゃないのですが、まあなんとかして貰《もら》えるだろうという気があったのです。ところが訪ねて見るとその先輩が生憎《あいにく》留守で、奥さんが非常に温かい待遇《もてなし》をしてくれるんですね。妙なもんで、こんな場合、少し厭《いや》な顔でもされると、かえって切りだしよいのですが、こう親切にやられるとどうしても口から出せないんです。

——私はもうすっかり参ってしまいました。それでとうとう、言いそびれてしまって帰って来たんですが、すると服部坂といいますか、あの辺までぼんやりやって来ると、路傍に五十銭玉が二つ転がっているじゃありませんか。

——はっとしましたね。実際我ながらあさましいと思いましたね。何というか、腹ん中から甘酸っぱいような、恐ろしいような、嬉《うれ》しいような、一種異様な戦慄的な感じがこみあげてくるんです。おそらくああいう場合の気持ちは、金額の大小に関りはないのでしょう。大金鉱を発見した探検家の気持ちだって、あれとそう変わるところはないと思いますよ。

——むろん金は拾いましたよ。拾うや否や駆けだしましたね。掌のなかで五十銭玉が二つ、汗にぬれてヌラヌラしているんです。そして江戸川をわたって山吹町の通から地蔵横町のほうへ曲ったときです。私はまた蟇口《がまぐち》を拾ったのです。嘘じゃありません。ほんとうですよ。きっとあの辺へ買い物に来たおかみさんが落としたのでしょう、女持ちの蟇口で、開いてみると小銭ばかりで三円なにがしか入っている。その時には我ながら茫然《ぼうぜん》としましたね。夢みたいな気がしましたね。こりゃ気が変になる前兆かも知れんなんて考えましたよ。

——とにかくそういうわけで、一応その場合の窮境は脱したわけですが、そこで私はフラフラと考えてみたんです。服部坂から地蔵横町まで、距離にしてわずか四五町ぐらいのものでしょう。その間にとにかく四円なにがしかの金が落ちているんです。この比例でもって考えれば、広い東京にはいったいどれくらいの金が落ちているか計り知れたもんじゃない。いかけ松じゃないが、そこで私は大いに発心したというわけです。

——全く安い原稿料で気むずかしい編輯者の——おっと、失敬、憤らずに聞いて下さい、その、つまり気難しい編輯者のご機嫌をうかがっているほど馬鹿らしいことはですな、世の中にあるまいと、こう思ったわけです。それより一つ、この機会に宗旨を入れかえて、口弁の才を必要としない。地見屋をはじめたらどんなもんだろう、この職業には資本を要せず経験を必要とせず、口弁の才を必要としない。厭な野郎に頭を下げる必要もないし、第一、街ん中をブラブラ歩き廻《まわ》っていればいいというんだから、机にしがみついてしみったれた原稿に頭脳を悩ましているより、はるかに健康的でもある。これだ、これだ、これに限ると、僕は断然決心したんです。

——君は——いや、あなたはですな、僕をつかまえて根気がないだの、仕事がゾロッペイだのと非難されますが、この機会に僕は、ああいう非難を断然返上したいですね。帰りに一度私の部屋へお立寄り願えませんか。この二三ヶ月というもの、いかに私が熱心に、かつ根気よくこの業務にいそしんだか、その実証を一つ見ていただきたいのですがね。わたしは苦心惨澹《さんたん》の結果、数枚の地図と、非常に綿密な統計表とをこしらえたんですよ。社会局にだって、おそらくこんな重宝な、かつまた微細にわたった統計表なんてありっこありません。いずれ、いつかはこれを参考資料として東京市に寄贈しようと思っているのです。つまりこの地図を見ると、東京中でどの辺が一番落としものが多いか、そしてまた、その落としものの種類、季節、時刻、天候のいかんによって、いかにそれらの落とし物が左右されるか、実に簡単明瞭《めいりょう》、一目にして分るという仕掛になっているんです。

――実際妙なもんですよ。先程、この職業には経験を必要としないと申しましたが、あれはあやまり、やっぱり経験が要るんですな。例えばですな、新宿は朝はいいけれど夜はいけない。それに反して浅草は夜がよくて日中はからきし駄目、吉原《よしわら》はお天気の日より雨の晩の方が収穫物が多いなんてことが、私の体験よりして確実に実証されているんです。

――もしもあなたが雑誌社を馘《くび》になったら、失敬、失敬、もしもあなたが社を止《よ》されたら、この統計表を提供しますから、あまりクヨクヨしない方がいいです。この地図と統計表こそは、気の弱いわれわれ無産者にとっては唯一の金鉱の案内者です。これあらば、われ何ぞ懼《おそ》れん、馘首《かくしゅ》の憂いだ。全く一文の資本もなしで、ただ壮健なる脚力と、鋭敏なる視神経と、獲物にぶつかった時に嬉しさのあまり飛び上がらないだけの鞏固《きょうこ》な心臓さえ持っておれば、誰でも食うに困らないというのがこの地図と統計表の魅力です。

——ああ、あなたは笑ってます。そんなにわたしの話がおかしいですか。おおかたあなたは私が酔っぱらって管を巻いてるとでも思ってるんでしょう。よろしい、そのうちにわたしの言葉が嘘であったか本当であったか分る日が必ず来ます。正直のところ今まで、この職業は十分繁栄だったというわけには参りません。職場へ赴く往復の電車賃だけ損だったという日の方が多かったことを告白します。しかしです。しかしですな、精神一到何事か成らざらんやだ。わたしは必ず成功してみせる。ええ、ええ、成功してみせるとも。ジュ、十万円——十銭じゃありませんゾ、ジュ、十万円くらいの金を、きっと、きっと、必ず拾ってみせます。ええ、拾ってみせますとも……。

と、涎《よだれ》をたらしながらこの風変わりな夢想家は、おでん屋の屋台に凭《もた》れて、だらしなく眠ってしまったのだった。

虹のある風景

私はその日もその少女に出逢《であ》った。

少女の名は満里子《まりこ》というのだが、私たちはみんな西洋流にマリーと彼女を呼んでいる。十八だという話である。それ以上のことは知らない。

彼女は今日もお河童《かっぱ》の頭を子供のように振りながら、少し胸を反らし気味に元町《もとまち》通のアスファルトを踏んでいた。この前逢った時までは、たしかに黒い天鵞絨《ビロード》に白絹で襟を取った洋服を着ていたが、今日はそれが薄緑色のに変わっている。短いスカートの下から覗《のぞ》いている靴下も初夏らしい卵色に変わっていて、その先に黒のエナメル靴が漆のようにピカピカ光っている。

「どこへ行くの？」

「散歩」

「一緒に歩こうか」

「ええ」

少女マリーはきらりと糸切歯を輝かせながら頷《うなず》いた。

五月から六月、この初夏という気候は、一年中で一番女を美しく見せてくれる時だ。この時分になると、濁った春の埃《ほこり》がしっとりと土地に吸いこまれて、空気がどこか夜の水族館の硝子《ガラス》の中を思わせるように輝かしく透明になって来る。すると女たちは、あの醜い厚衣裳《いしょう》を脱ぎすてて、爽《さわ》やかな薄着の中に、美しい、のびのびとした肢体を充分に偲《しの》ばせてくれる。まだ汗ばむというほどの暑さでもないので、化粧崩れを心配しなくてもすむ彼女たちは、その最大の技巧を発揮して美しい顔をますます美しく磨き立てる。

わけてもこの神戸の街の、居留地から元町、トーア・ロードへかけて散歩するこの時分の女たちの美しさと来たら、どこかこうお伽噺《とぎばなし》めいてさえ見えるほどである。

「まあ美しい」

少女マリーは時々、そう感歎《かんたん》の声を放って、行きずりの西洋人の女を振り返ったりした。

「あたしも今度はあんな帽子を買おうかしら」

そうかと思うと、

「あたし、シェファードを乗せて、阪神国道を自分でドライヴしてみたいわ」

などと言ったりする。

その日は変な日で、六月だというのに夕立が降った。

私たちは取りあえず三の宮の付近の喫茶店へ逃げ込んだが、三十分と経たない中に雨は上がった。

外へ出て見ると街全体が綺麗《きれい》に洗われている。水に濡《ぬ》れた鋪道《ほどう》はちょうど湖水の表面のように底光りをたたえて、道行く人の影を映していた。自動車がその上を、ゆるやかにタイヤをはずませながら走った。

「あたし、恐かったわ」

「何が！」

「今の夕立よ」

少女マリーは煙草屋の飾《シヨウウインドウ》窓の前に立って、コンパクトで軽く頬を叩《たた》いた。

その時、道を行く人々が立ち止まって、みんな上の方を見ているので私たちも振り返ってみると、トーア・ホテルの赤い屋根の上から、港の方へかけて虹《にじ》がかかっていた。

「虹」

「まあ、虹、美しいわね」

しばらく凝《じ》っとそれを眺めていたが、やがて彼女はちょっと溜息《ためいき》を洩《も》らした。

「波止場へ行ってみない？」

「ええ、行ってみましょう」

アスファルトの上に彼女の着物の緑色が映っているのを見ながら私は軽くステッキを振った。

ビルディングの表へ出て虹を見ていた五六人の若い事務員たちは彼女の姿を見ると、空の方から彼女の方へ眼を移した。

「虹」

その中の一人が呟《つぶや》いた。

「うん、虹」

「その虹じゃないよ。ほら、虹……」

彼はそう言いながら顎《あご》で彼女を差した。

「虹を見るとあたし思い出すことがあるのよ」

彼女はふとそんなことを言った。

「なにを？」

「もう二年も前のことなの」彼女はそう言ってうつむきながら、もう一度さっきと同じような溜息を洩らした。「あたし、トーア・ホテルに十日ほどいたことがあるのよ。女中を二人連れて……」

「ほほう、じゃ……」と私は彼女の顔を見ないで、「その時分君はお金持ちだったんだね」

「そうじゃないの。二年前だからあたし十六だったわね。その前の年からあたし上筒井のある酒場に働いていたのよ。そしてお金を千円ためたの」

「一年で千円もためたのかい、偉いなあ！」

「偉かあないわ。千円ぐらいあの酒場にいれば直ぐたまるわ。その代りいろんなことをしなけりゃならないけれど……」

私たちは波止場へ来て、まだ濡れているベンチの上へ新聞を敷いて腰を下ろした。港の沖の方に、夕日が眩《まぶ》しいくらいに照りつけていた。虹はまだ消えていなかった。

「それでどうしたの？　トーア・ホテルへ泊まって……」

「お話しましょうか、面白いのよ」

彼女は両手の肱《ひじ》をベンチの背にかけて、脚をピンと前へ伸ばしながら話しはじめた。

「あたし、華族様のお姫様という振込みで泊まったのよ。満里子姫というのよ。なぜそんなことをしたといって、あたしともかく一度華族様のお姫様になってみたかったの。だもんだから、あたし、一生懸命に稼いで千円お金をためたんだわ。

「二人の女中というのはね、一人は叔母《おば》さんなのよ。お花の先生をしているの。一人はその娘で、だからあたしの従姉《いとこ》なの。二人とも無論初めの間はずいぶん反対したわ。しかしあたしがどうしても聞かないものだから、とうとう自分たちで女中の役を引き受けてくれることになったの。

「あたし、それまでにずいぶん種《いろ》んな本を読んで、充分お姫様になるお稽古をしていたから、ホテルに泊まっている間中、誰一人だって、あたしが本当はお姫様でなくて、カフェーの女給だなんて思う人はなかったのよ。

「ところがホテルのお客の中に、一人本当の華族様の若様がいたの。名前は時彦《ときひこ》さまといって、東京の伯爵さまなのよ。あたしは間もなくこの時彦さまと恋に落ちたの。向うもずいぶん真剣だったけれど、あたしだって、そりゃ真剣だったわ。ただね、あたし本当はやはり華族様でも何でもないでしょう。だから東京の宅を聞かれたり、あちらへ帰ったら遊びに行ってもいいかなどと言われると、困ってしまって返事をすることができないの。そうすると、その人の方ではそれを何か変な方に取って、私が遊びに行っては悪いのか、他に恋人があるんじゃないかと言って、憤ってあたしを責めるのよ。

「あたし、あんな悲しいことはなかったわ。だって、あたし本当にその人を恋していたのよ。だのに、結局は別れなければならない身分でしょう。その時ばかりは本当にあたし華族様に生まれなかったことが口惜《くや》しかったわ。ひょっとすると、本当のことを打ち明けても、その人はやはりあたしを愛してくれそうな気もしたの。しかし、あたしそればかりはどうしてもできなかったのよ。

「その人はゴルフをやってたの。六甲の上にゴルフリンクがあるでしょう。それへ時々出かけて行くの。ある日、あたしも誘われて一緒に行ったの。するとその帰りみちのことだったわ。ふいに夕立がやって来たのよ。そうそう、そう言えばあれもやはり六月のことだったわね。

「あたしたち仕方なしに、道ばたにあったお社の中へ、逃げ込んだの。中は変に薄暗くてむしむししているの。あたし何だか恐くなったものだから、思わずその人に抱きついたのよ。すると、その人はあたしの躰《からだ》を抱きしめたかと思うと、ふいにあたしの唇の上に接吻《せっぷん》したのよ。そして……

「その時のことよ。やがて雨も止んだものだから、お社を出てみると、摩耶《まや》山のてっぺんから神戸の港へかけて、大きな虹がかかっていたの、そりゃ美しい虹だったわ。……」

そうして彼女はふと言葉を切ると、左手でお河童の髪の毛を撫《な》でながら、もう消えかかっている虹を見上げた。

「それから、どうしたの？」

「それから、どうもしやしないわ。あたしその晩ホテルを引き払ったんですもの」

彼女はそう言ってまた溜息を洩らした。

「そう？　その晩ホテルを引き払ったの？」

しかし、そう言いながら私は心の中で他のことを考えていた。

「その華族様なら僕よく知ってるよ。あれも矢っ張り本当は華族様じゃなくて、銀行の出納掛《すいとうがかり》だったんだよ。僕の友達でね。ちょうど今の話と同じような話をその男の口から聞いたことがあるよ。その男も矢張り君と同じように、いまだに君のことを本当の華族様だと思っているよ、そうかい？　じゃマリー、君だったのかい」

私はそう言ってやろうかと思っていたのだ。なぜならば、彼女の今の話が全く彼女の創作にすぎないことを私はよく知っていたから。

マリーはそういう少女なのである。

しかし諸君よ。

六月の神戸の街はお伽噺《とぎばなし》である。誰も彼女を嗤《わら》ってはいけない。

絵馬

（一）

「何か面白い話はないかとおっしゃるのですか。そうですねえ。私どもの話は、あなたがたのお書きになる探偵小説とちがって、超人的名探偵が現われて、快刀乱麻を断つごとく、見事な推理で事件を解決する、……というようなわけにはいきません。ちかごろでは科学捜査ということが、やかましく言われておりますが、それの大事なことはいうまでもないとしても、やはり根本になるものは、捜査に当るものの根《こん》でしょうねえ。ただ、こつこつ調べていく。……これを忘れては科学捜査もへったくれもありません。それですから、私どもの話はどうしても地味になる。小説のように華やかにはまいりません。それでよかったら、ここにちょっと面白い事件があるのですが、お話ししましょうか」

浅原さんはそう言って、私のすすめる渋茶を静かにすすった。

浅原さんはもと、ここから一里ほど向うにある、総社《そうじゃ》という町の警察に勤務していた刑事さんだが、十年ほどまえに職を退き、いまではこの村で食糧増産にはげんでいる。ここは岡山県の高梁川《たかはしがわ》に沿うた一農村だが、私はいま、このへんを舞台にして探偵小説を書いているので、近在一帯の警察組織などについて、浅原さんの教えを請うことが多いのである。浅原さんは昔そういう仕事をしていた人とは思えないほどおだやかな人物で、私が質問すると、なんでも快くこたえてくれる。また話好きな人だから、みずから進んで、昔、自分の取り扱った事件の話をしてくれることもある。

ここに掲げるのはそういう話の一つだが、ふつうの物盗《と》り、痴情、怨恨などの殺人と違って、珍しく入り組んでいて、ちょっとガボリオの探偵小説を読んでいるような気がしたので、私がノートに書きとめておいたものである。

「これは私が警察をやめるより十年も前の話ですから、いまからざっと二十年も昔のことになりますね。ずいぶん古い話だから、そのつもりで聞いてください」

そう前置きしておいて、浅原さんはつぎのような話をしてくれたのである。

（二）

総社の町の西のはずれに住んでいる、片岡直《かたおかなお》という老寡婦の家が、今日でもう三日もあかないというので、近所のものが騒ぎ出したのは、昭和三年の十月十九日のことであった。

この片岡直という老婆は、もとは、そこから六里ほど高梁川を遡《さかのぼ》ったS村のものであったが、中年を過ぎてから神戸にうつり、二十年ほどそこに住んでいたのが、去年この総社へ引っ越して来たのである。

年齢はその頃六十くらい、小柄で無口で陰気な老婆で、近所つきあいもほとんどせず、年寄りの一人暮しを、さのみ心細く思うふうもなく、ひっそりと暮らしていた。その生活はいたって地味で、つましいものだが、さりとてけちというほどでもなく、ただ一つの道楽であるところの晩酌の一本は欠かさぬ模様だから、金はそうとう持っているのだろうという評判だった。

その老婆の家が三日もあかないというのだから、近所の者が怪しみ出したのも無理はない。ひょっとすると卒中でも起こしているのではあるまいかと、まず隣のおかみさんが気を揉《も》み出して、近所にそのことをふれて歩いたから、よし、それじゃ、おれが見て来てやろうと、金槌《かなづち》片手に飛び出したのが鍛冶屋《かじや》の親方だった。

親方はまず老婆の家の表口へまわったが、これは、ぴったり中から閂《かんぬき》がしまっていた。そこで勝手口へまわって見ると、意外にもこのほうはなんなくあいた。そこで親方は大声で老婆の名を呼んでみたが、家の中はひっそりとして返事もない。しかしこのことはあらかじめ覚悟していたことなので、親方は躊躇《ちゅうちょ》なく家のなかへ踏みこんだ。その後から隣家のおかみさんや近所の者もついて入った。

老婆の家は六畳と四畳半の二間きりしかない。台所から踏みこんだ一同はその六畳へ入っていったが、すると、そこに老婆が蒲団をひっかぶって寝ているのが見えた。老婆は頭まで蒲団《ふとん》をひっかぶっていたが、痩《や》せこけた手と足が、にょっきり蒲団の端からはみ出しているのが、台所の天窓からさしこむ光で見えた。親方はその蒲団の端に手をかけると、

「婆さん、どうした。どこか悪いのかい」

そういいながら蒲団をひっぺがしたが、そのとたん、わっと叫んで尻餅《しりもち》ついた。うしろからのぞいていた連中も、顔色かえて外へ逃げ出した。老婆はものの見事に額をたちわられて死んでいるのであった。

「この報告が入ったとき、私はちょうど署にいたので、司法主任の警部さんについて、まず一番に駆けつけたわけです。そこで検屍《けんし》や現場捜査、それから近所の人たちの訊《き》き取りと、いろいろあるわけですが、それをいちいち話していては長くなりますから、ここではその結果をかいつまんでお話しすることにいたしましょう」

老婆の死因はもちろん額の傷であったが、それは薪割《まきわ》りで叩《たた》きわられたもので、兇器《きょうき》として用いられた薪割りは老婆の家のものらしく、これはすぐ発見された。血にそまったまま台所の揚板の下に放りこんであった。さて犯行の時日だが、これは死後の推定時間などからして四日前、すなわち表があかなくなった日の前日、それは十月十六日に当っているが、その晩のことであろうといわれた。

犯罪捜査も、このへんまでは簡単なのだが、さてそれからが面倒なのである。家の中はもちろん厳重に捜査されたが、犯人の遺留品は何一つ発見されなかった。相当心得のある奴とみえて、薪割りの柄にも指紋はなかった。最後に足跡だが、十六日の晩には、宵に大雷雨があったから、当然、家のまわりに足跡が残っていなければならぬはずであったが、心得のない近所の者がめちゃめちゃに踏み荒してしまったので、どうにも調べようがなかった。だが、その中にただ一つ、浅原さんの注意をひいたものがあった。それは勝手口の前にのこっている自転車のタイヤの跡で、ふつうのダンロップのタイヤらしかった。それに絵にかいた千鳥のような疵《きず》のあるのが、浅原さんの注意を強くひいたのである。そこで浅原さんはタイヤの跡に石膏《せっこう》を流して、その疵跡を型にとっておいたが、このことが後日非常に役に立ったのであった。

さて、家の中だが、犯人がそこら中を引っ掻《か》きまわしていったらしい跡は歴然とのこっていた。箪笥《たんす》の引出しから仏壇の中まで、掻きまわしていった形跡があった。しかし、被害者が身寄りもないひとり者と来ているから、その中から盗まれたものがあるのかないのか、さっぱり分らなかった。このことが事件の捜査に困難を感じさせた大きな原因であったが、ただ一つ、ちょっと意外に思われたのは箪笥の引出しから出て来た郵便局の預金通帳で、それには二百円ちょっとしか預金はなかった。そして、そのほかには通帳らしいものは一冊もなかった。むろん、いまとちがって、その頃の田舎では二百円といえばそうとうの大金にちがいなかったが、しかし、近所の人の見当では、少なくともその十倍は持っているのではないかと思われていたのだ。

「しかし、これも他人のあて推量で、あるようでないのが金といいますから、まあ二百円ぐらいが相当だろうということになりました。で、結局通りがかりの強盗、つまり流しという奴ですね。それの犯行ということに、だいたい署の方針がきまったのですが、ただ一人私だけがそれに反対だったのです」

浅原さんが反対したのには、だいたい三つの理由があった。

まず第一に、どこにもこじあけて入ったような形跡のないこと。それから見て犯人は婆さんによって、中へ招じ入れられたものにちがいない。しかし、そんな年寄りの一人暮しとあっては、婆さんも用心深くなっているにちがいないから、めったなものを中へ入れる気づかいはない。とすれば、犯人は婆さんの知っている人間にちがいない。……というのが第一。

第二に老婆の殺された十六日は、宵に大雷雨があって、このへん一帯停電になった。こういうことはその時分珍しいことではなかったので、どこの家でもランプだのカンテラだのを用意している。老婆の家にもカンテラがあったが、その日、油が切れていたとみえて停電になってから、隣家へ油を借りに来た。それは宵の七時頃のことであったが、その時、隣家ではカンテラに一杯油をそそいで渡したという。その油の量が浅原さんの注意をひいたのである。

老婆の家から発見されたカンテラには、油が三分目ほどしか残っていなかった。浅原さんが実験してみると、油がそこまで減るのには、どうしても五時間はかかる。七時から五時間というと十二時だが、そんな時刻まで老婆が一人で起きているとは思えないし、つましい年寄りが、カンテラをつけっ放しで寝たとはいよいよ信じられぬ。近所の人の話によると、老婆の寝るのはいつも九時頃であったというから、その晩も九時まで起きていたとしても、あとの三時間の油の減り方は何を意味するのだろう。……これが浅原さんの第二の疑問。

さらに浅原さんの第三の疑問は、犯人が仏壇の中までひっかき廻《まわ》していったことだ。仏壇の中に金目のものなどあろうはずはないから、犯人の探していたものは何か外の品にちがいない。すなわち犯人はふつうの強盗などではなくて、何か特別の品物に目的があってやって来たのではあるまいか。……

「……と、いうのが私のつけた目星なんですが、同僚たちはみんな笑って取りあいませんでした。ただ一人署長さんが、これは妹尾《せお》という人でしたが、この人は非常に物分りのいい人で、それに第一、私をかわいがっていてくれましたので、よし、それじゃ君は君の方針でやってみろと言ってくれました。そこで私はまず何よりも老婆の過去を調べる必要があると思ったので、S村へ行ってみることにしたのですが、しかし、その時にはまさか私も、この事件の裏にあのような恐ろしい秘密がかくされていようとは、夢にも思っていなかった。……」

（三）

S村というのは前にも言ったとおり、総社から五六里高梁川を遡《さかのぼ》ったところにある一小村にすぎなかったが、そこに角倉《すみくら》という近在きっての造り酒屋があるので有名だった。

浅原さんが自転車でその村へ出かけていったのは、事件が発見されてから三日目のことだったが、村へ入ってお直婆さんのことをきくとすぐにわかった。人の移動が少なく、話題のまれな田舎では、二十年の歳月も都会の一年ぐらいにしか当らない。ことにちかごろお直婆さんの殺されたことが、新聞に大きく出たので、村はその噂で持ち切りの最中だった。あらためてお直婆さんがこの村にいた時分のことや、村を出ていった時のことを思い出して語りあっていたところだった。

「そのお直さんのことなら私もよく覚えておりますが、お勝つぁんにきくのが一番いい。お勝つぁんはお直さんと従姉妹《いとこ》同士で、家も隣同士でしたから」

浅原さんが最初に当った村のお百姓は、そういってわざわざお勝つぁんのところまで浅原さんを案内してくれた。

その家は山沿いの小高いところにあったが、浅原さんが訪ねていくと、お勝つぁんは日当りのいい縁側に糸車を持ち出して、麻をつむいでいるところだった。小柄なところはお直婆さんに似ていたが、お直さんとちがって話好きな気のよさそうな老婆であった。

「お直さんのことについては私どもも驚いていたところなんです。あの人が総社へかえっているなんてちっとも知りませんでした。もう長いこと音信不通で、神戸にいることとばかり思っていたのが、新聞ではじめて、一年もまえから総社へ来ていたことがわかって、びっくりしてしまいました」

浅原さんの来意をきくと、お勝つぁんはすぐに昂奮《こうふん》してそんなふうに話し出した。

「あの新聞を読んでから、一度、行かなきゃ悪いのじゃないかと、一昨日《おととい》もうちの人と話したのですが、向うが向うだ、こっちを親戚《しんせき》ともなんとも思っていないのだから、放っといたらええ、そううちのが申しますので、そのままにしてしまったんです。それにしても新聞で見ると、一人きりで住んでいたということですが、すると初江さんはどうしたんでしょうねえ」

「初江さんというのはお直さんの何にあたるんだね」

「娘ですよ。ええ、一人娘でした。あの時分五つだったから、生きていれば今年二十六になるはずなんですがねえ。お嫁にいったとしても、たった一人の母親を一人ぼっちにしておくはずはないし、ひょっとすると死んでしまったのじゃないかなどと話しているところなんです。お直さんも運の悪い人で……」

「いったいお直さんが、この村を出たのはいつ頃のことなんだね」

「ええ、それなんですよ。昨日もそのことで指を折って勘定してみたんですが、あれは明治四十年のことでした。新さんが死んで……新さんというのはお直さんの亭主でしたが、その亭主が死んで三年もたたぬうちに、家を畳んでしまうのはひどいと、その時お直さんと喧嘩《けんか》をしたのを覚えています。あの人は昔からしんねりむっつりした人で、気心の分らない人でしたが、その時にはほんとうに腹が立ってしまいました」

お勝つぁんが昂奮して話すところを綜合《そうごう》すると、お直婆さんが村を出たときの事情はつぎのようなもので、それにはいろいろ腑《ふ》に落ちないところがあった。

明治四十年にはお直は三十七であった。亭主の新造には三年まえに死に別れて、当時後家だったお直は、初江という五つになる女の子と二人で、洗うような赤貧の中に暮らしていた。亭主との間には四人子供があったが、上からつぎつぎと亡くなって、ただ一人育った初江も虚弱で腺病質な子供だったが、その年の梅雨の頃に、はしかを患って、一時はいのちも危いという状態だったが、それがよくなるとすぐ、お直は村を出てしまったのである。

「いいえ、よくなったといってもまだほんとうではなかったのです。顔も手足も繃帯《ほうたい》だらけで、死んだようになっている初江さんを背中にひっくくって、先生が、入院させたほうがよかろうとおっしゃるので、倉敷の病院へいって来る、――そういってお直さんが出ていったのをいまでもよく覚えております。たしか七月のはじめのことでした。ところが、それから三日ほどたってから、お直さんだけがかえって来たと思うと、家も田地も二束三文に売り払ったのには私も胆を潰《つぶ》してしまいました。ええ、家というのは、ほら、右手に見えるでしょう？　あれでした。田地は小一段《こいったん》ありました。昔は相当あったのですが、新さんというのがなまけ者のうえに大酒飲みでしてねえ、すっかりなくしてしまったんです。それにしても、あまり話がだしぬけだから、いったいどうしたのかと私が聞きますと、初江の病気に金がかかるから、何もかも売ってしまうんだ。田舎はいやになったから、初江がよくなったら町へ出て働くつもりだとこう申すんです。そして私がどんなにとめてもきかないで、三日ほどいる間に、きれいさっぱり何もかも売り払ってさっさと出ていってしまいました。私はもう呆《あき》れかえってしまいましたが、そのまま捨ててもおけないので、その次の日に、初江さんが入院しているという倉敷病院へ、見舞いかたがた出向いていったんですが、なんと驚いたことには、そんな者は入院していないというんです。私はひょっとすると、病院の名前を聞きまちがえたのではないかと思って、倉敷中の病院を探して廻りましたが、どこでもそんな患者は知らぬというんです。私は狐につままれたような気持でかえって来ましたが、すると、それから一月もたってから、初江がよくなったからこちらへ来ている。働き口も見つかったから、安心してくれという手紙が神戸からまいりました。そこで私も折り返して手紙を書いてやりましたが、それきり梨の礫《つぶて》です。それからしばらくしてまた手紙をやりましたが、今度は符箋《ふせん》がついてもどってまいりまして、それきり先日新聞を見るまで、どこでどうしているのか、まるきり知らずにいたのです」

浅原さんはその話をきいているうちに、しだいに昂奮を感じて来た。田舎の者が家をたたんで、都会へ出るというのはよくよくのことでなければならぬ。ましてや、そんなひ弱い子供の、大患後のものを抱えて、突然、村を立ち去ったというのには、そこに何か深い仔細《しさい》がなければならぬはずである。

「お直さんは、何か村にいられないような事情があったのかね」

「いいえ、そんなことはありません。貧乏はしていたけれど、村にいられぬというようなことは、けっしてなかったと思います」

「その時分、なにか変わったことがあったのじゃないか。いや、お直さんの身の上に限らず、何かこのへんで変わったことはなかったかね」

「さあ。……そうですね。変わったことといえば、角倉さんのさあちゃんが、池へはまって死んだのがその年で、お直さんが村を出ていったのは、その騒ぎの真っ最中でした」

「角倉のさあちゃんというと……？」

「そこの角倉さんの一人娘で小夜子《さよこ》さんというんです。初江とは同い年の五つでしたが、これが大池へはまったらしく、池の端に下駄《げた》が脱ぎ捨ててあったんです。それから大騒ぎになって、村中総出で池のなかを探したんですが、死体がなかなか見つからなくって、騒いでいる最中にお直さんは村を出てしまったんです」

浅原さんはそれをきくと、なんとはなしに胸が躍った。

「で、その死骸《しがい》は、結局あがったのかい」

「ええ、あがりました。一月もたってから……もちろんもう半分くさってしまって、顔の見分けもつかなくなっていたそうです」

浅原さんの胸はまた躍った。

「ときにお直さんの娘だがね。初江とかいったね。その子が病気をしているときにはむろん医者についていたのだろうが、それはなんという先生だね」

「木内さんでした」

「その人はまだ村にいるかね」

「ええ、いることはいますが、いまはもう医者はやめていますよ。その人の奥さんというのが角倉の旦那《だんな》の妹さんで、角倉さんではお小夜さんが亡くなってから、跡取りがないものだから、木内さんの坊ちゃんが養子になることになっているんです。それで木内さんも医者をやめて、角倉さんの家の支配人みたいなことをやっています。何しろ旦那の作衛さんはお小夜さんが亡くなってから、まるでお坊さんになったように仏いじりばかりで、商売のことはいっさい、かまいつけないものですから」

(四)

「それで君は、その木内という男に会って来たのかね」

「ええ、会って来ましたよ。家はいまでも別になっているんですが、ほとんど角倉に入りびたりで、すっかり旦那気取りのようです。なにしろ旦那の作衛というのが好人物のところへもって来て、娘をなくして以来世をはかなんだというのか、隠居同然の暮らしですから……」

「いったい、幾つぐらいの年だね。いや作衛のほうじゃない。その木内という男だ」

「そうですね。五十そこそこというところでしょう。ちょっと好男子ですがね。なんでも噂によると、医学校にいる時分、角倉の妹というのが同じ町の女学校の寄宿舎かなんかにいて、それでひっかけたんだというんです。そこで女房の郷里へ入って開業したわけですが、うわべはいやに慇懃《いんぎん》なくせに、なんとなく食えない感じのする男です」

「で、そいつは、お直のことをどう言ってるんだ」

「昔のことだからよく覚えていないが、その初江なら、はしかの後肺炎を起こしていたので、入院をすすめて、倉敷の病院へ紹介状を書いてやったが、その後そこへ入院しなかったということをきいて驚いたことがある。それ以来、お直には会ったこともないし、噂をきいたこともない。こんど新聞を見て思い出したが、なぜ、あんなに突然村を出たのか、全然心当りがない、と、こう言うんです」

「ふうむ」

同じ日の夕方のことである。S村からかえって来た浅原さんの報告をきいて、妹尾署長は鼻の孔から猛烈に煙草の煙を吐き出していたが、やがてぐっと机の上に体を乗り出すと、

「で、君はどういう考えなんだ。お直が突然村を出たことについて、何か考えがあるのか」

「私もよく分りません。しかし、お直が村を出たと同じ頃に、角倉の娘が池へはまって死んだ。しかもあがった死骸は顔の見わけもついていない。一方、お直のつれて出た初江という娘は顔も手足も繃帯だらけ……しかもその時の医者というのが角倉の妹婿で……」

「浅原君！」

突然、署長がどしんと拳固で机《デスク》を叩《たた》いた。

「何をいっているんだ。君は。……君はいったい何を考えているんだ」

「署長さん。私はただ、そうです、私は……」

「駄目だ、駄目だ、駄目だ。それは君の空想にすぎん。よし、それが事実としても、何をもって証明するんだ。二十年も昔の出来事……しかもお直は死んでいる。証拠があるか。君は何か証拠を握っているのか」

「おいおい、署長、何を大声で呶鳴《どな》っているんだね」

その時、突然、大きな声でそう言いながら、のっそり部屋へ入って来たのは、龍泉寺といって総社の町にある禅宗寺の和尚で、隆泰《りゅうたい》という人物であった。この人は、本人自身に言わせると「わしゃ生臭坊主よ」だそうであるが、当時この近在の尊敬を一身に集めている高徳の僧で、署長とはよい、ざる碁の相手であったという。

「あっ和尚、いかんよ。むやみに、そう侵入して来ちゃ困る。いまは大事な用件があるんだ」

「わかっとる、わかっとるよ。浅原、また叱られたな。署長、おまえも部下を叱るまえに、自分の頭の蠅を追う才覚をしたほうがええぞ。わっははは。そうら、おみやげ」

隆泰和尚が、どしんと机《デスク》の上に放り出したのは、細紐《ほそひも》で十文字にからげた小さな柳行李《やなぎごうり》であった。署長は目をみはって、

「なんだい、これや……」

「お直からの預りものよ」

「えっ！」

「わしゃ京都の本山のほうへ行っていたので、ちっとも知らなかったが、今朝かえって来たらお直が殺されたそうだな。それで何かの手掛りになりゃせんかと思うて持って来てやったのよ。ありがたく思え」

「お直がしかし、どうしてこれを……？」

「あれや感心な婆あでな。わしの貧乏寺にだいぶ寄進してくれたよ。その時これをわしに預けて、自分も寄る年波で、いつどんなことがあろうも知れぬ。自分が死んだらこの行李をこれこれこういう者に渡してくれと……そら、これが所書きだ。どうだ、おまえたちとだいぶ信用がちがおうがな」

所書きは神戸のある町で、名前は川崎初江とあった。

「浅原君、お直の娘は初江といったね」

「そうです。そうです。苗字《みょうじ》がちがっているが、嫁にいったのかも知れません。署長さん、この行李をすぐあけてみたら……」

「和尚、いいだろうな」

「わしゃ知らん。おまえらがあけるなら勝手にせい」

「浅原君、あけてみたまえ」

浅原さんは胸をどきどきさせながら、細引をとって行李をひらいたが、中には油紙で包んだものが入っていた。その油紙をひらいたとたん、浅原さんも署長も和尚も、啞然《あぜん》として思わず顔を見合わせたのである。

中から出て来たのは銀行の預金通帳が三冊、これはよいとして千代紙で作った人形がおよそ二十あまり、それに絵馬が一枚というのだから、まるで判じ物のようであった。

署長はまず通帳をひらいてみたが、すぐにふうむと驚嘆したように唸《うな》り声をあげると、

「浅原君、これあ大変だ。お直はとても金持だぜ。見たまえ。どの通帳にも一万から上の金が入っている」

しかし、浅原さんは通帳よりも、絵馬のほうに心をひかれた。

そこにはかわいい紅葉のような子供の手型がぺったりと押してあり、手型の上には当年四歳卯年《うどし》の女、右の肩には祈願大患平癒、左の方には明治三十九年十二月。そして、その下にはなんと、願主、角倉作衛。

（五）

「その時の私の昂奮《こうふん》をお察しください。あなたはご存じかどうか知りませんが、この辺ではこういう絵馬をかたしろ絵馬といいます。病気をした時、病人の手型を絵馬におして、それを氏神様かなにかに奉納して平癒を祈るんです。つまりその絵馬は明治三十九年に四つの女の子の大患平癒を、角倉作衛が祈願して奉納したものなんですが、その病人というのはとりもなおさず作衛の娘の小夜子にちがいない。とすれば、そこにおしてある手型は、小夜子のものにちがいない……」

「あっ……」

そこまでおとなしく浅原さんの話をきいていた私は、その時思わず声を放った。

「それじゃ指紋が……」

「そうです。そうです。さすがに探偵小説家だけあって覚りが早い。お直も誰かにそのことを聞いたんですね。人間の指の渦というものは、一人一人ちがっているし、またそれは生涯けっして変わらないということを、誰かに教わったんですね。それで後日の証拠にと思って、氏神様に奉納してあった絵馬を、こっそり盗み出して持っていたんですね。お直は元来それほど悪い女じゃなかった。自分のやったことを始終悔んでいたらしいことは、自分のためた金を全部川崎初江に譲るようにしていたことでも分ります」

「なるほど、犯人がお直さんを殺したのも、つまりその絵馬を取り返すためだったんですね」

「そうなんです。お直は、その絵馬でもって犯人を脅迫して、金をしぼっていたらしい。だが、それはさておき、その時には私も署長も昂奮しましてね、すぐに手配をして、神戸から川崎初江という婦人に来てもらうことにしたんです」

「来ましたか」

「来ました、すぐ翌《あく》る日やって来ました。私が想像したとおり、当時川崎という男にとついでいたんですが、その顔を見たときには私も驚きましたね。実に上品で、しとやかないい奥さんなんです。誰が見たってお直の娘とは思えない。そこで、署長がお直の殺されたことを話し、かたみの品々を見せてやったんですが、あの千代紙人形を見ると急にわっと泣き出したんです」

「その人形にはどういう意味があったんです」

「これは私にもわからなかったんですが、その時婦人の話をきいてはじめて合点がいきました。神戸にいる時分、ヒステリーというんですか、やはり良心の呵責《かしやく》でしょうねえ。お直はよくぶらぶら病にかかったそうです。そういう病人の常として雨の日には特に気分が悪い。まだ幼かった婦人は、子供心にそれを心配して、千代紙でてるてる坊主をこさえて、ずらりと家の中にかけ並べたんだそうです。お直はそれを見ると、婦人を抱きしめておいおい泣いたものだそうです。その当時のことを思い出して、婦人が語るのに、お母さんはひどい人だ、自分を捨てて逃げてしまうとは、なんという無情な母だろうといままで怨《うら》んでいたが、それじゃ私を忘れたわけじゃなかったのですねといって泣くんです。なんでも神戸へ出てから、その婦人が小学校へあがる頃まで、二人いっしょに住んでいたそうですが、それから間もなく婦人を宮田という夫婦者のところに預けて、お直は姿をかくしたんだそうです。もっとも女学校へ入る頃までは、ときどき会いに来たそうですが、その後はばったり姿を消して、まったく音信不通だったそうです。この宮田という人は、相当の暮らしの人だったらしく、また子供がなかったものだから、その婦人をほんとうの娘のようにして、ずるずるべったりに養女という格になり、そこから川崎という男の許《もと》へ嫁にやられたのですね。この川崎さんもその時細君のことを心配していっしょについて来ていましたが、当時、神戸の大銀行でいい役になっていたらしく、りっぱな紳士でしたよ」

「その婦人は、田舎にいる時分のことを覚えていなかったのですか」

「さあ、それです。署長がそのことを切り出すと、婦人も急に妙な顔をして首をかしげていましたが、それについては自分も時々変な気がする。ずっと子供の時分、自分は田舎の大きな家に住んでいたような気がする。そこには両親もいたが、お母さんというのはお直さんじゃなかったような気がする。それが大患いをして……なんでも三月ほど夢うつつで暮らしたそうです……その病気がなおったとき、自分は神戸にいて、お直さんの子になっていた。そして名前も初江とかわっていたが、その前はそんな名前ではなく、たしか、さあちゃんと呼ばれていたような気がする。……とそこまで聞けば、もう疑いの余地はありません。そこで婦人に手型をとらせてもらいましたが、大きさこそちがえ、一本一本のその指紋は、絵馬の手型とぴったり一致しました。すなわちその婦人こそ、二十年まえに池にはまって死んだと思われている角倉の娘小夜子だったんです」

「それで……お直を殺した犯人は、木内という医者でしたか」

「そうです。そうです。しかしこれを証明するのはむずかしかろうと思っていました。ところが案ずるよりは産むが易しで、実に造作なくこれができたのです。というのは、こういうことが分ってみれば捨てておけない。とにかく角倉の主人に、小夜子の生きていることだけでも耳に入れておこうというので、証拠の絵馬と小夜子の手型を持って、出かけることになったのです。そのときには、私一人では心もとないというので、主任さんがついていってくれることになりました。そこで二人は自転車で出かけたのですが、S村へ入ると、向うから自転車でやって来る木内にばったり出会った。木内とは、前に会っているから向うでも知っている。そこで、向うから自転車をおりて挨拶《あいさつ》するので、こちらも立ちどまって二言三言話をしていたのですが、その時、なにげなく地面へ目をやった私は、それこそ、ひっくり返るほど驚きました。なぜといって、地面についたタイヤの跡に、忘れようとしても忘れられない、千鳥の形の疵《きず》がある……」

「あ、なるほど！」

「私が妙なかおして一心に地面を睨《にら》んでいるものだから、木内も気がついたのですね。自分もタイヤの跡を見ましたが、そのとたん、畜生っ、と叫んだかと思うと、やにわにポケットに手をやりました。主任さんはくわしい事情は知らなかったが、木内の形相が変わったのではっとしたのですね。本能的にその腕にとびついたのです。まったく危いところでしたよ。木内はピストルを握っていたのですから、あのとき、もし主任さんがいなかったら、私は一発のもとに撃ち殺されるところだったのです。とにかく夢中でくんずほぐれつ、やっと二人で荒れ狂う木内をとりおさえましたよ」

私はほっと溜息《ためいき》をついた。

浅原さんも、溜息をついた。浅原さんは、それからまた言葉をついで、

「この木内の白状で、何もかも分ったのですが、ことの起こりは初江という娘が、はしかの後の肺炎で死んだことにはじまるのですね。木内はかねてから、角倉のうちを何とかしたいという野心をもっていたが、人殺しをするほどの勇気もなかった。そこへ角倉の娘と同じ年頃の初江が死んだものですから、その死骸《しがい》を利用しようと思いついたのですね。そこでお直を説き伏せ、初江の死骸を小夜子の身代りに立てることにしたんです。そこで小夜子のほうはひそかに連れ出し、眠り薬を注射して、顔といわず手足といわず、ぐるぐる繃帯《ほうたい》して、それを初江ということにして、お直が背負って村を出たのです。一方初江の死骸のほうは顔のみわけがつかなくなるまで、どこかへ隠しておいて、ひと月ほど後に池へ投げ込んだのですね。むろん小夜子の着物を着せてあるから、この大芝居、まんまと成功したというわけです」

「なるほど、それで何もかも分りました。そして最後に角倉さん親子の対面ということになり、めでたし、めでたしというわけですね」

「そうです、そうです。私も功労者というわけで、その席に連なりましたが、作衛さんのその時の喜びようったらなかった。何しろ死んだと思った娘が生きていたのですからね。角倉さんの家は、川崎さん夫婦の次男がつぐことになっていますが、作衛さんは長命な人で、いまでも生きていますよ。万事めでたいずくめですが、とりわけめでたいのがこの私

で……」

浅原さんがおどけた恰好《かっこう》で首をすくめたので、私はすぐ聞き返した。

「え？　あなたがどうして？」

「作衛さんはこのことで、ひどく私に恩を感じてくれましてね。私が警察をよすと間もなく、いつの間にやらいまの墾地を、黙って私の名義にしてくれていました。作衛さんという人はそういう人なのですよ」

浅原さんはそう語り終わると、いかにも嬉《うれ》しそうに目尻に皺《しわ》を寄せて笑ったのである。

燈台岩の死体

一

「是《こ》れは僕が中学の五年だった時の事だ」と沖本《おきもと》君は話し始めた。

沖本君の故郷M町と云うのは、波の荒いのと暗礁の高いのとで有名な、熊野《くまの》灘《なだ》に面した海辺町で、勿論《もちろん》沖本君の中学生活は其処《そこ》で送られたのだ。彼の話によると其の町は其処ら一帯の貧しい町々の中でもわけて貧弱な一寒村で、土地が痩《や》せて居た上に、年中潮風が吹通すので勿論農業には適せなかった。それかと云って漁業をやるには、又あまりに波が荒かったし漁場にも遠かった。時々鯨がやって来る事も有ったが、それも当《あて》にはならない。それで其の町の人々は大抵半農半漁と云った風な頼ない生活を送って居た。然《しか》し、其の町にも唯一つ附近の町の人々に記憶される物が有った。それは有名な燈台《とうだい》で有る。

「其の燈台の麓《ふもと》で一人の男が殺されたのだね」と沖本君は本題に這入《はい》った。

それは夏の休暇も半ばを過ぎた八月の中旬の或《あ》る日であった。

九時過ぎにぼんやりと起出た沖本君は、燈台岩に死人が有ると聞くと、朝飯も喰《く》わずに直ちに駆着けた。

燈台岩と云うのはM町の西端に在って、一丁程の細いだらだら坂を登って行くと、其処に可成り広い平地が有って其の南の端に燈台が巍然《ぎぜん》として聳《そび》えて居るのだ。

其の崖《がけ》に立って見渡すと、其の四辺《あたり》の海一面に、大小無数の岩が散在して荒波と戦って居るのが見えた。足下を見下せば、三丈も下の方に白い波頭がどうどうと崖脚《がいきゃく》を嚙《か》んで居るのが物凄《ものすご》い程に見えた。

其の崖を海の方から見ると、恰《あたか》も牛が伏して居る様に見えるので、昔から牛の背岩《せいわ》と呼ばれて、漁業《すなどり》する人の目標となって居た。凡《およ》そM町に生まれて其処に養われた者なら誰でも牛の背岩を尊敬する事を知らない者はなかろう。其処には幾多の不思議な伝説と美しい物語が伝えられて居るのだ。其処に燈台が設けられたのは、大分古い事で有るらしく、よく歴史家などが見に来たりした。勿論今の燈台は明治の代になってから大部分修覆された物で有るが。

沖本君が駆着けた時にはもう沢山の人々が集って居た。沖本君がそれ等の人々の背後から、伸び上って覗《のぞ》いて見ると、一人の男が仰向《あおむき》に横《よこたわ》って居るのが見えた。幸い未《いま》だ何の覆いもしてなかったので、よく人相を見る事が出来たが、沖本君の知って居る限りはそれは此《こ》の町の者ではなかった。其の目鼻立ちは可成りよく整って居たが、何分ひどく日に焼けて居たのと、断末魔の苦悶《くもん》で激しく顔が歪んで居るので、非常に兇悪《きょうあく》な人相に見えた。服装なども惨な物で有った。

「他殺なんでしょうね」

と、沖本君は同じく見に来て居た近所の荒物屋の亭主に訊《き》いた。

「勿論然《そ》うですよ。そら死んで居る男の頭の側に大きな石が有るでしょう。あれで頭をがんとやられたのですね」

成程、沖本君が見ると、其処には大きな角立った石が有った。そしてよく見ると、其の石にも死人の頭にも赤黒い血の塊がこびりついて居て、ぎらぎらと陽に光って居た。

「何処の人でしょう彼《あ》の男は、一向見覚えのない男ですね」

「多分風来坊なんでしょう。此の町の者では有りませんよ」

「何《ど》うして殺されたのでしょう」

「さあ」

「犯人も矢張り他国の者でしょうね」

「勿論然うでしょう」

「何か緒《いとぐち》は見附かったのでしょうか」

「さあ」

其処へ警官が担荷《たんか》を持ってやって来た。そして其の死人を担荷に担入れると再びだらだら坂を下って行った。

「現場《げんじょう》を見においでになりませんか」

担荷が坂の角を廻《まわ》って見えなくなった時、荒物屋の亭主が然《そ》う言って誘った。

兇行《きょうこう》の現場は燈台の後側に在った。其処は両側を海と燈台によって区切られた狭い帯の様な空地になって居て、海からの他、何処からも見えなかった。

彼等が燈台の角を廻った時で有った。刑事らしい男が崖の端から上半身を乗出して、何か一心に下の方を覗き込んで居た。彼は足音を聞くと直ぐ頭を上げたが、二人の姿を見ると眼で招いた。

「君一寸《ちよつと》此処から覗いて見て呉《く》れ給え」

と彼は言った。

沖本君は其の言葉に従って、今刑事がやって居た様に腹這《はらば》いになって覗き込んだ。

「二間程下の方に突出た木が有るだろう。見えるかえ？　其の木に何か布《きれ》の様な物が引懸って居るだろう！　違うかえ？」

「ええ有ります」と沖本君は直ぐ答えた。

「あれを取り度《た》いのだが手を貸して呉れないかね。何、一寸帯を持ってて呉れればいいのだ」

二人は直ぐそれを承諾した。

刑事は継ぎ合せた帯の一端を持って崖を下って行ったが、軈《やが》て問題の布を持って上って来た。

「君達は此の袱紗《ふくさ》に見覚えはないかね」

と、刑事は拾って来た布の土を払い乍《なが》ら広げて見せた。それは銀鼠の縮緬《ちりめん》の袱紗で、真中に大きく梅鉢の紋が染め抜かれて居た。

沖本君には何か其の紋に見覚えが有る様に思われたが、直ぐには思い出せなかった。荒物屋の亭主も黙って居た。

「いや御苦労でした」

刑事は二人が知りそうにも無いのを見ると然う言って踵《きびす》を返した。それから暫《しばら》くして二人も下って行った。

二

其の日の夕方、沖本君は一風呂《ふろ》浴びてから散歩に出懸けた。其の頃沖本君が毎日散歩に出懸ける処はいつも定《き》まって居た。それはM町の中央に在る住吉《すみよし》神社の境内で、其処には太い杉の古木がすくすくと聳《そび》えて居て、いつも淋《さび》しい程静かなので、夏の夜の散歩には最もよかった。

其の日沖本君は四辺《あたり》が真暗になる迄《まで》、其森の中の草の上に寝込んで居た。美しく晴れた夜で星が降る様に輝いて居た。

其の時ふと軽い足音と低い話声が聞えて来た。寝転んだ儘《まま》沖本君が透して見ると、それは男と女とで有るらしく、段々と彼の寝て居る方へ近附いて来た。沖本君は一寸自分の立場に困った。ふいに立って行くのも躊躇《ちゅうちょ》されたし、聞いてやる事は猶《なお》気がとがめた。

「困ったね」

と若い男の声が先《ま》ず沖本君の耳に響いて来た。其の声で直ぐ其の男が住吉神社の若い神主の篤麿《あつまろ》で有る事が判った。

彼等は少しも沖本君の居る事に気付かないらしく、彼から数本距《へだ》てた立木の側で立止った。

「何うすればいいでしょう」

と女が歎息《ためいき》を吐いた。其の声にも沖本君は聞覚えが有った。それは例の燈台の番人の一人娘お芳《よし》で有るらしかった。是れで直ぐ沖本君は其の場の情景を推察する事が出来た。若い神主と燈台守の娘との噂は、それ迄時々沖本君も聞いて知って居た。それだけ沖本君は自分の立場に迷った。

「爺《じい》やさんは何も彼も言って了《しま》うだろうね」

と男が言った。

「そりゃ、言わさずにおくまいと思いますわ。然《しか》し、お父さんは未だ彼の事だけは知らないのですよ」

「然《そ》うですか、芳《よっ》ちゃんは未だ誰にも彼の事は話しはしないだろうね」

「ええ、そりゃあ……」と言ったが少し考えて、「然し言って了った方がよくは有りませんの」

「いや、決して、決して」と男が慌しく言った。「決して誰にも言ってはなりません」

女はさぐる様な眼付きでじっと男の顔を見詰めて居たが、

「然うですか……」

と弱い歎息《たんそく》を漏した。

「芳ちゃん」と暫くしてから男は低い然《しか》し強い声で言った。「お前は私を疑ってやしないだろうね」

「私……」

と言ったが女は判然《はっきり》と答えなかった。

「疑って居るのだ。お前は、私が彼れ程言ったのが判らないのかね」

「然しそれなら彼の事を隠さずに言って了った方がいいじゃ有りませんか」

「いけない」と男が鋭い声で言った。

「それ程までに貴下《あなた》は……貴下は……」

然う言って女は静に啜泣《すすりなき》を始めた。

それを慰めて居るらしく男は猶暫《なおしばら》くひそひそと囁《ささや》いて居たが、沖本君の耳には聞えなかった。

唯《ただ》最後に、再び男が力を入れて、

「決して言ってはなりません」

と、言ったのだけ強く耳に残った。

そして軈《やが》て彼等は又もと来た方へ帰って行った。

勿論《もちろん》沖本君には今の話の深い意味は少しも判らなかった。然し何か今朝の死人と関係の有る事ではないかと思われた。

男女の影が再び見えなくなった時、沖本君は静に起き上った。そして何かなしに四辺《あたり》に注意を配り乍らそろそろと拝殿の方へ歩いて行った。彼が拝殿の側を通抜けて横門から出ようとした時で有った。何気なく振返った彼の眼を強く惹《ひ》いた物が有った。それは拝殿の周囲に張られた幕で、その幕には判然と梅鉢の紋が見えた。

三

「へへえ」

と散髪屋の亭主が駒を弄《いじ》りながら感心した様に言った。

「然しそりゃ何かの間違いですぜ」

と将棋盤を挟んで亭主と問い合った客が盤をにらんだ儘言った。

「私も然う思いますな」と亭主が言った。

「篤麿さんの様な人に其那事《そんな》の有る筈《はず》はない」

「然し警察の方では平作爺《へいさくじい》さんの証言の他にも確な証拠を握って居るらしいですぜ」

と勝負を見て居る他の客が言った。

沖本君はそれ等の人々を床屋の鏡の中に見乍ら、黙って其《そ》の話を聞いて居た。彼には他の人の知らない昨夜の場面が思い出された。

それは燈台岩に死人が発見された日の翌日で有った。町の人々の信仰を一身に集めて居る若い神主の篤麿が、意外にも殺人嫌疑者として拘引された。是《こ》れには町の人々も驚かない者はなかった。沖本君は密《ひそか》に昨夜の事を思い出した。そして吃度《きっと》何か重大な秘密が有るに違いないと考えた。其処《そこ》で、篤麿が何《ど》う云う理由の許《もと》に拘引されたかを知るべく床屋へやって来たので有る。

客の話す処によると其理由は斯《こ》うだ。

昨夜刑事が密かに兇行《きょうこう》の有った現場の附近を警戒して居ると、果して怪しい曲者《くせもの》が徘徊《はいかい》するのを認めた。其処で刑事は直ぐに其の男を捕えて見たが、それは意外にも燈台守《とうだいもり》の平作で有った。彼は片手に土の附いたソフト帽を持って居たが、刑事に捕えられた時、極力悶掻《もがい》て其の帽子を崖《がけ》から投落そうとした。其の怪しい行動によって彼は直に署へ引致された。

最初彼は頑として口を利かなかったが遂には隠し切れなくなって意外な事実を申立てた。

彼は斯う言った。

「昨日の夕方、私が毎日の様に燈台へ火を入れて坂を下って来ますと、一人の男が下から上って来ました。それが今朝死んで居た男なのですが、其の時私は別に何とも思わずにすれ違って坂下に在る私の小舎《こや》へ這入《はい》りました。恰度《ちょうど》其の時再びばたばたと坂を上って行く人の足音がしましたので、私がふと小舎から覗《のぞ》いて見ますと住吉神社の篤麿さんが大層急いで上って行くのが見えました。私は変だなとは思いましたが別に深く気にも止めずに、夕飯を始めましたが、ものの十分も経った時分でしょう。篤麿さんは又大急ぎで坂を下って来ました。私は其の容子《ようす》に何うも尋常《ただ》ならぬ気配を感じました。処《ところ》が今朝私が燈台へ上って下を見下ろして見ますと、昨日の男が死んで居るのです。私は直ぐ其の側へ駆け下りて行きましたが、其の時此《こ》のソフト帽が死骸《しがい》の側に落ちて居たのです。拾い上げて見ますと間違いなく昨日篤麿さんが被《かぶ》って居た帽子なので彼《あ》の人に詰らない疑いなどがかかってはと思ったので、そっと岩の間に隠して置いたのです。それを今取出しに行った処なのです」

　成程此の陳述から考えると篤麿の疑われるのも無理はなかった。

　沖本君は昨夜の事を思い出した。時間から考えて見ると彼の時は平作爺《おやじ》が拘引された直ぐ後で有ったらしい。爺やが拘引されると直ぐにお芳がそれを報告せ《しら》に来たに相違ない。篤麿が、「爺やさんは何も彼も話すだろうか」と言ったのは、彼が前の日に燈台岩へ行った事を云うので有ろう。然し決して話してはいけないと言った「彼の事」とは何だろう。

其処に大きな秘密が有るらしい。

「此処《ここ》で一寸《ちよつと》言って置くがね」

と沖本君は一寸註《ちゆう》を入れた。

それによると、住吉神社と云うのは、先代の神主満麿《みつまろ》が非常な人望家で有ったので、田舎としては立派すぎる程の社だ。満麿が亡くなった後は直ちに其の子篤麿が職を継いだが、彼は若いにも似合わぬ父にも劣らぬ程の人望家で有った。彼の母は彼が七歳の時に亡くなって、それ以後ずっと父の手一つで育てられて来たが、十九歳の時又ふとした事から母を持つ事になった。それが今のおぬいで有る。彼女は名古屋で身投しようとした処を篤麿の父に救われたのであると云う話だが、それ以外に彼女の素性を知る者はなかった。最初満麿と彼女との結婚が発表された時町の人々は一斉に非難した。然しものの半年も経たない間に遉《さすが》に満麿さんの鑑識《めがね》だと人々を感心させるに至った程、彼女は貞淑な、学問こそなかったが立派な婦人で有った。

「斯麽《こんな》に人望の的となって居る神社の若い神主が人殺しをしたと云うのだから、人々の驚くのも無理はないやね」

四

「それから二三回の予審が有って、愈々《いよいよ》公判になったのは、夏休みも過ぎて僕がW市の中学の寄宿舎に帰えった頃だ」

と沖本君は語った。

其の予審はいつも篤麿に不利で有った。平作爺やの証言ばかりではなく、他にも証拠品が揃って居た。それは例の梅鉢の紋の染込まれた袱紗《ふくさ》と、もう一つは一葉《よう》の写真とで有った。其の写真は死人の懐中から発見された物で、意外にも篤麿自身の写真で有った。而《しか》も裏面には彼自身の手跡で処《ところが》書きから名前迄《まで》書いて有るのだ。是れは明に彼が死人と何かの関係を持って居る事を示して居た。それにも拘《かか》わらず篤麿は総《すべ》てを否定するのだ。斯うした態度は人々の同情を失うに充分なもので有る。公判の結果彼は十年の懲役を宣告された。彼は黙ってそれを受けたので有る。

「それ等の事を僕は総て新聞で知ったのだ。僕は毎日お芳と云う女が現われて来て、『彼の事』を話すに違いないと期待して居たのだ。然し彼女は遂に『決して言ってはなりません』と言った篤麿さんの言に従ったらしく、何事も申し立てて出なかった。そして遂に篤麿さんは十年の刑に処せられたのだ」

と沖本君は語る。

「そして其の翌年僕はW市の中学を出て直ぐ神戸の高商《こうしょう》へ入学したが、其の年の夏休みに郷里へ帰省して見ると意外にも篤麿さんが帰えって居るのだ。而もお芳と云う女と結婚して、母親のおぬいと三人睦《むつま》じく、以前にも増して町の人々から尊敬されて暮して居るのだ。僕は一寸驚いたね。然《しか》し家人から聞いて漸《ようや》く其の真相を知る事が出来た」

と沖本君は考え乍《なが》ら、

「それは斯うだ」と話し始めた。

「篤麿さんの公判が終ってから半年程経った頃、大阪で一人の前科者が殺人未遂として捕えられた。其の男は種々《いろいろ》の隠れた犯罪を告白したが、其の中に紀州《きしゅう》のM町の燈台岩で熊吉《くまきち》という男を殺したことを白状した。その男の話によると、其の男と熊吉とは名古屋の監獄で懇意になったので有ったが、出獄の日が同じだったので連れ立って、M町へ熊吉の知人を尋ねて無心にやって来た。然し其の知人の家へ行くには其の男が居ては都合が悪いので、二人は駅で分れて後程燈台岩で合う事にした。其の男は直ちに燈台岩へ行って熊吉を待って居たが、二時間程すると熊吉が落胆した容子でやって来たが、直ぐ其の後から一人の男が追駆けて来て熊吉を呼び止め、暫らく立話をして居たが、軈《やが》て袱紗包みの様な物を取出して熊吉に渡した。其の時熊吉が大きな声で

『三百円も』

と叫んだのが其の男の耳に這入ったので遂に欲が出て熊吉を殺して了《しま》ったので有った。此の告白によって篤麿さんは無罪になる事が出来たのだ。即ち篤麿さんが彼の日燈台岩へ行ったのは熊吉と云う男に金をやる為で有ったのだ」

「然しそれなら何故篤麿と云う人は其の事を言わなかったのだ」

と僕は嚥込《のみこ》めぬので訊《き》いた。

「さあ其処《そこ》だね、此の話の眼目は。実は其の熊吉というのは篤麿さんの義理の母おぬいが名古屋へ残して来た実子だったのだ。彼女は実子が監獄に居ると云う事は恥じて篤麿の父の他、誰にも語らなかったのだ。篤麿の父は非常に情深い性質だから其の話を聞くと、では熊吉が監獄から出たら外国からでも帰って来た事にして世話をしてやろうと約束したのだそうだ。おぬいはそれを楽みに其の事を監獄の我子に言ってやり、又篤麿の写真などを送ってやったりしたのだ。処が其の甲斐《かい》もなく篤麿の父は熊吉の出獄を待たずに死んで了った。其処へ熊吉が写真の裏の処書を頼りにやって来たのだ。然し約束した良人《おっと》は死んで了った後、何うして不心得者の我が子を家に入れられ様かと云うので、おぬいは叱りつけて追帰したのだ。処がそれを篤麿とお芳が偶然に聞いて知って了った。篤麿は熊吉に同情して金を持って追駆けて行った。然し斯うした母の暗い秘密を話す事を彼は潔しとしなかった。それよりも寧《むし》ろ黙って罪に服そうと決心したのだ。即ち此の秘密が『決して誰にも言ってはなりません』と言った『彼の事』なのだ」

「然し」と僕は言った。「其のおぬいと云う女は何故自分の秘密を犠牲にして、義理有る子を救おうとしなかったのだろう」

「ああ、其処にも非常に美しい情が有るのだ。おぬいはてっきり篤麿が自分の秘密を知って、そして自分の為に禍《わざわい》の種子《たね》ともなるべき不心得者の熊吉を殺して呉れたのだと誤解したのだ。だから若し殺されて居る男が我子だなどと言えば、愈々篤麿の罪が明白になりはしないだろうかと考えたのだ。それで少しでも篤麿の罪の軽くなる事を念じて口を噤《つぐ》んで居たのだ」

然う言い切って沖本君は、彼等の母子《おやこ》を思い出した様に、黙然として考えに耽《ふけ》った。

甲蟲の指輪

一

あれは実際不思議な事件です。犯人はまだつかまりません。或《ある》いは永久につかまらないかも知れません。

——と、ある日、私のところへ訪ねて来た木藤庄吾《しょうご》という一面識もない男が、ふいに奇妙な話を始めたのである。以下、彼れの話をそのまま書いて見よう。

その晩僕は、鎌倉の友人のところで泊めて貰《もら》うつもりで、横須賀《よこすか》行きの電車に乗っていました。土曜日の晩のことです。銀座で飲み歩いたので少し酔払っていたのです。電車に乗ると眠くて仕様がない。つい、うとうとと居眠りをしていました。

すると、誰か僕をゆすぶる者がある。ぼんやりと眼を開いてみると、傍に品のいいお婆さんが立っているのです。

「失礼しました。この次は横須賀ですからお起ししたのですけれど……」

お婆さんは片頬に微笑を浮べながら言います。それを聞くと僕ははっとしました。周章《あわ》てて座席から立上ったのです。すると、僕のその様子で察したものか、お婆さんは尚《なお》も微笑を続けながら、

「おや、それではあなたも乗越しですか。鎌倉《かまくら》？　逗子《ずし》？　そう、鎌倉でお降りになるつ

もりだったのでございますか」

ほほほほとお婆さんは笑って

「実は私も逗子で降りる筈《はず》のところ、つい乗越してしまったのですよ」

と言うのです。

一体、この電車は横須賀行きの最後の電車ですから、これで乗越してしまうと、もう引返すわけにはいかないのです。僕はがっかりしました。お婆さんはそれを見ると、僕を慰めるつもりか、側へ寄って来て、いろいろと話しかけます。見たところ、五十五六の品のいいお婆さんなのですが、仲々話し好きと見え、それに気分も至って若いのです。

言い忘れましたが、その時、その車の中には、僕とお婆さんの二人きりしか居ませんでした。僕はお婆さんと話をしているうちに、だんだん眼も覚め、頭もはっきりして来る。そのうちにふと、僕はこのお婆さんが横浜から乗ったことを思い出しました。その時にはたしか二人連れだったのに、今見るとその連れが居ないのです。

「そうそう、あなたにはお連れがあったようですね。あのお連れさんはどうしたのですか」

「ああ、あの子ですか。あれは大船《おおふな》で降りましたよ。あれは藤沢《ふじさわ》の方へ参りますのでね、大船まで私を送って来てくれたのです」

お婆さんはそう言って笑っています。そういえば、僕は始終うつらうつらと半分眠っていたのですがそれでも時々眼がさめていたと見えて、お婆さんの連れの青年が、大船で降りたのをぼんやりと覚えています。

十八九の、小柄な、派手な洋服に鳥打帽をかぶった、なかなか美貌《びぼう》の青年でした。

「降りる時、乗越しちゃいけませんよと、何度も念を押されときながら、つい年寄りだものですから寝過ごしちゃって……」

お婆さんはそう言って笑いましたが、その時ふと思い出したように、懐中から小さい缶を取出しました。

「そうそう、あの子が眼けざましにこんなものを置いて行ってくれたのですが、一ついかがです」

見ると銀紙にくるんだチョコレートです。

「いいえ、僕は沢山」

「そう、お嫌いですか。では失礼して一つ……」

お婆さんはそう言って一つ頰張りましたが、その時ふと缶の中を覗《のぞ》いて、

「おや?」

と言って、小さい指輪をつまみ出しました、見ると、蟲《むし》形の宝石の入った立派な指輪です。

「まあ、あの子とした事がそそっかしい」

とお婆さんは半分独言のように半分は僕に聞かせるためらしく、

「いえね、大船で下りたあの子の指輪なんですよ。きっと手洗いに立った時、石鹼《せっけん》で抜けたものだから、こんなところへ入れといて、そのまま忘れて降りたに違いありませんわ」

お婆さんはそう言いながら、指輪を何処《どこ》かへしまおうとしましたが、その時、急に変なことが起ったのです、今迄《いままで》元気にしゃべっていたお婆さんが、ふいにがっくりと前へのめりました。そして、うつむいたまま二三度手足をぴくぴくと慄《ふる》わせていましたが、そのまま石のように固くなってしまったのです。

僕はあっけにとられてそれを見ていました。しかし、暫《しばら》くたってもお婆さんが顔をあげる模様もないので、そっと肩に手をかけると
「お婆さん――、お婆さん――」

と二三度揺ぶってみたのです。

が、すぐ僕は、思わずぎょっとして座席から立上りました。

お婆さんは死んでいるのでした。たった今迄元気よく語っていたお婆さんが、一瞬にして、まるで哀れな蠅のように死んでいるのでした。

二

僕がどんなに驚いたか。——そんな事は今更申上げる迄もありますまい。何しろ、このふいの出来事に呆然《ぼうぜん》としているばかりで、何が何やらさっぱりわけが分りません。第一、いかに年寄とはいえ、たった今まで、あんなに元気におしゃべりをしていたお婆さんが、こう簡単に冷たくなってしまうなんて、どう考えたってわからない話です。

でも、恰度《ちょうど》幸い、その時分、電車は横須賀へ着きました。そして僕の訴えによって、駅の中はたちまち大騒ぎになったのです。むろん僕も、そのとばっちりを喰《く》っていろいろと面倒な質問を受けなければなりませんでした。

お婆さんの身許《みもと》はわかりませんでした。何一つ、手懸りになるような書物は持っていなかったのです。そこで結局、正体不明の変死人という事になって、その晩は一先《ひとま》ず、僕は許されて、駅長が親切に教えてくれた、駅の近くにある宿屋へ泊る事になったのです。

さて、その翌日のことです。

宿屋を八時頃に出て、また鎌倉まで引返すつもりで、横須賀駅まで行ったところが、そこに大変な騒ぎが僕を待ちかまえているのでした。

と、いうのは、昨夜あれから医者を呼んだり、警官に立合って貰ったりしてお婆さんの身体を調べたところが、何んとそれが普通の死ではなくて、青酸加里とかの中毒だというのです。それだけならまだよろしい。ここに奇々怪々なのは、そのお婆さんというのが、本当は年寄ではなく、まだ二十代の若い女が変装していたとわかった事です。

しかもその正体たるや、何んという事でしょう。その当時日本でも随一の人気女優と言われた××キネマ会社の大スター、最上千枝子《もがみちえこ》だったというじゃありませんか。

事件はここに於《おい》て、急に奇怪な謎をもって塗りつぶされました。今までは、単なる老婆の、卒中か何んかの突発的死だと思っていたのが、青酸加里の中毒だとわかり、しかも被害者は今を時めく人気女優、最上千枝子だとわかったのだからたまりません。

駅の中は上を下への大騒ぎ、そこへひょっこりと、唯一の目撃者たる僕が顔を出したものですから忽《たちま》ち警官連中に包囲されて、それはそれは厳しい訊問《じんもん》です。

そこで僕は、昨夜からの出来事を、もう一度逐一申立てねばなりませんでした。ここで、誰しも怪しいと思われるのは、老婆——じゃなかった——、あの最上千枝子と一緒に横浜から乗込み、大船で下りたあの美少年のことです。

あなたは御存知かも知れませんが、青酸加里という奴は、胃の腑《ふ》へ入ると、瞬間にして人を殺すようですね。そこで、僕の見たところによると、最上千枝子が最後に口に入れたものは、実にあのチョコレートです。だから、青酸加里はてっきり、あのチョコレートの中に入っていたと見なければなりません。

そして、老婆の言葉によると、そのチョコレートというのは、あの美少年が眠けざましにと言って置いて行ったものなのです。だから、犯人はどうしても、その美少年という事になります。

さて、ここで最上千枝子の奇怪な変装ですが、これは後にその理由がわかったのです。その晩千枝子は、翌日の日曜日に、逗子の養神亭《ようしんてい》で開かれる××キネマの祝賀会の準備に、幹事として先に赴く事になっていたのです。そこで思うに彼女は、顔馴染《なじみ》になっている養神亭の女中をはじめ、後から来る××キネマの連中をあっと言わせようという魂胆から、わざとそんな老婆に変装していたものだろうという事です。最上千枝子というのはそんな女だったそうです。

ところで、そうだとすれば、あの奇怪な美少年は、この老婆を最上千枝子と知っていたのでしょうか。若し知っていたとすれば、彼女の近親の者か、極く親しい友人に違いないが、さて、彼女の知人、親戚《しんせき》などを悉《ことごと》く調べてみたのですがどうしても、僕の言う人相に匹敵する青年はいないのでした。

或《あ》るいは、日頃から彼女に目をつけていた不良少年の類《たぐ》いではないかと云う事になって、その方も厳重に捜索されたのですが、ここにも一向手懸りはありません。こうして、遂にこの事件は五里霧中に入ってしまいました。

三

さて、話をもとへ戻して、横須賀駅で厳重な取調べを受けた僕の事になりますが、その時僕は、大へんな過失を演じたのです。というのは、この物語の初めの方でお話をしておいた、あの甲蟲《かぶとむし》の指輪の事です。僕はすっかりその指輪の事を忘れていたのです。

しかし、それかと言って僕を責めてはなりませんよ。何しろあまり意外な出来事で、すっかり気が顚倒《てんとう》している時のことです。

それに若し、刑事の方からその指輪でもつきつけてくれれば、僕だって、その前夜の事を思い出したのでしょうが、どうしたものか、誰もその指輪を死体の身の周囲《まわり》に発見したものはなかったと見えて僕に一言も指輪の事は申しませんでした。

今から考えると実に残念です。最上千枝子は死ぬ間際に言った事ですが、その指輪こそ、犯人と想像される、あの美少年のものだったのですからね。それから手繰って行けば、或いはあの奇怪な美少年の身許がわかったかも知れないのです。

しかし、とも角、こうしてこの事件は遂に迷宮入りをしました。美少年の姿は、大船から煙のように消えてしまって、その後警察の躍起となっての捜索にも拘《かかわ》らず、遂に行方はわからなかったのです。

え？　何んですって？　そこまでなら、誰でも新聞でも知っているって？　成る程、その通りです。しかし、僕がこの事件をあなたに話そうと思ったのは、この事件に後日譚《ごじつだん》があるからです。これは僕だけしか知らない事です。そして、あなたに初めてお話するのですよ。

事件があって三月程後の事です。つまり世間がそろそろ最上千枝子の事件を忘れはじめた頃ですね。

ある日僕は、浅草で活動写真を見たのです。偶然にもそれは、最上千枝子が生前働いていた××キネマ会社の映画でした。しかし、主演する女優はむろん、最上千枝子ではなくて、千枝子と競争の地位にあった紫安里子という女優で千枝子の死後はその後を襲って、まんまと主脳女優の地位をしめた女優です。

ここで僕は、驚くべき発見をしたのです。実際僕はあの時あまりの驚きのために気が遠くなりそうだったくらいです。

御存知ですか。

「悪魔の家」―というのが、その時僕の見た映画だったのです。紫安里子はその映画の主人公でした。さて、三巻目かに、里子の扮《ふん》した女主人公が悪漢にピストルを向けるところがあります。そこで、ピストルを握った里子の右手が大きくクローズアップになるのですね。

ピストルを握った里子の手は、恐怖のために大きく慄えます。そして最後に到頭曳金《ひきがね》を引くのです。

その時です。僕ははっきりこの目で見たのです。里子の右手の第三指に嵌《はま》っている指輪を。――ええ間違いはありません。たしかにあの指輪でした。甲蟲形の宝石の嵌った、あの指輪に違いありませんでした。

ああ、何んという恐ろしい事でしょう。その日僕は映画館から出ると、近所のプロマイド屋へよってあらゆるスタイルをした紫安里子の写真を買って帰ったのですが、もう間違いはありません。

里子に鳥打帽子を着せ、派手に洋服を着せると、寸分違わぬ、あの美少年になるのです。お分りになったでしょう。警察で躍起となって捜索したにも拘らず到頭あの美少年の行方のわからなかった理由が。……

それもその筈《はず》です。本当は男でなく、女だったんですもの。――

×　×　×　×

×　×　×　×

「ふむ！」

と私は初めて聞く意外な物語に思わず長い溜息《ためいき》を洩《も》らしたものである。

「しかし、その指輪はどうなったんだろうな。それさえあれば、里子を訴える事が出来るというのだね」

と私が冷やかに言うと、この物語の話手である木藤庄吾はしばらくもじもじとしていたが、やがて思い切ったように、

「指輪ですか？　指輪なら此処《ここ》にあります」

そう言って彼はポケットから、恐る恐る甲蟲形の宝石の嵌った、特徴のある指輪を取出したのである。

「ヤ！　ヤ！」

と私が驚いて、思わず彼の顔を見直すと、木藤庄吾は厳粛な声で静かに言ったのである。

「誤解なさらないで下さい。僕は決して、この指輪を盗んだのでも隠したのでもありませんよ。実は今日、偶然の機会から発見したのです。あの晩はいていたズボンを二、三日前洗濯屋へ出したのですが、それが今日戻って来て、その時、この指輪がついて来たのです。洗濯屋の話によると、ズボンのポケットに穴があいていて、そこから縫目の間に落ちこんでいたというのです。つまり最上千枝子は発作を起したとき、この指輪を握っていたのですが、僕の方へ倒れたはずみに、僕のズボンのポケットの中に、こいつが滑り込んだのですね。ところで、今日お訪《と》いしたのはほかでもないのです。この指輪をもって、警察へ一切を届けて出たものかどうか、それをあなたに御相談にあがったのですが。……」

木藤庄吾はそう言って、凝《じ》っと私の顔を見詰めたのである。

さて、私ですか。ああ、それに対して私は何んと答える事が出来よう。私は紫安里子の良人《おっと》なんだから。

解説

山前　譲

大正十年、「新青年」に「恐ろしき四月馬鹿《エイプリル・フール》」を発表して以来、横溝正史氏の創作活動は約六十年にもおよんだ。その間に発表された厖大《ぼうだい》な作品は、角川文庫などで広く読まれてきたが、いくつか単行本や文庫に未収録の作品も残されていた。本書『喘ぎ泣く死美人』は、先に刊行された『双生児は囁く』につづき、既刊作品集に未収録の作品をまとめて、二〇〇〇年五月、角川書店から刊行された。

巻頭の「河獺《かわうそ》」(『ポケット』大11・7)はデビューの翌年の発表で、最初期の作品のひとつである。怪奇話に合理的な解決がつけられているが、事件当事者から話を聞き出すというスタイルが特徴的と言える。その存在は知られていたものの、長らく掲載号が不明だった作品である。

デビュー作の「恐ろしき四月馬鹿」は『新青年』の懸賞小説に入選したものだが、それだけでプロの作家となれるはずはなく、大阪薬学専門学校に通いながら、『新青年』や『ポケット』といった博文館発行の雑誌の懸賞小説に投稿をつづけていた。投稿する前、いろいろペンネームも考えたそうだが、凝って思案に余ったあげく、面倒臭いと本名のまま投じたのだという。ただし、本名は「マサシ」である。神戸の生家の近くに楠木正成《くすのきまさしげ》を祠《まつ》ってある湊川神社があり、その祭礼の日に生れたことから、正成にあやかって正史と命名されたのだ。ところが、大正十五年に上京して博文館の編集者となり、探偵作家との交流ができると、「ヨコセイ」と呼ばれだした。どうやら「セイシ」と読まれているらしいと悟った横溝氏は、以後、本名と筆名とで読みを区別するようになったのだ。

「艶書御要心」（『サンデー毎日』大15・10／1）と「素敵なステッキの話」（『探偵趣味』昭2・7）は、編集者になってまもなくの頃に書かれた作品であり、ともに当時の交遊関係をベースにした物語として興味をそそられる。

思わず笑ってしまう結末の「艶書御要心」で、しょぼくれた独身男性として登場する水谷三千男は、探偵作家水谷準の筆名と本名（納谷三千男）を合成したものである。のちに博文館の編集者となる水谷氏はまだ早稲田大学の学生で、当時の探偵作家のほとんどが参加していた同人誌『探偵趣味』の編集に携わっていた。その頃から両氏は友人だったようだ。ただし、水谷氏は学生結婚したそうだから、ここに出てくる下宿屋は、横溝氏が上京して半年ほど暮らしたという、神楽坂の神楽館がモデルだろう。同じ下宿に住む本田準一のモデル（あくまでも名前だけのことだが）は、江戸川乱歩氏の鳥羽造船所時代からの友人で、やはり博文館などで編集者を務めた本位田《ほんいでん》準一である。

水谷氏が編集していた『探偵趣味』に発表の「素敵なステッキの話」も、本田準という名の横溝氏らしい編集者が主人公で、ステッキを狂言回しにした作家らとの交流が微笑ましい。平林初之輔、江戸川乱歩、甲賀三郎、城昌幸といった諸氏がモデルだろうか。なお、この作品のみ、改造社版日本探偵小説全集の『横溝正史集』に収録されている。『探偵趣味』には長編「女怪」を連載したこともあったが、残念ながら完結はしていない。

昭和二年に『新青年』の編集長となった横溝氏は、昭和三年に『文芸倶楽部』の編集長となり、さらに昭和六年には『探偵小説』の編集長となった。ともに外国を舞台とした怪奇小説の「夜読むべからず」（『講談雑誌』昭3・8）と「喘ぎ泣く死美人」（『講談雑誌』昭4・7増刊）は、そうした忙しい編集者生活のかたわらに書かれた作品である。『講談雑誌』は博文館の発行だが、当時、他社の雑誌に執筆する際には、別名を用いることがよくあった。この点に留意して調べれば、まだ未収録の作品が埋もれている可能性がある。

昭和七年、博文館を退社して横溝氏は作家専業となった。「憑かれた女」（『大衆倶楽部』昭8・10〜12）は専業になって間もない頃、竹中英太郎氏の挿絵つきで雑誌に連載された中編だが、同名の作品がすでに刊行されている。由利・三津木シリーズのひとつで、角川文庫では表題作にもなっていた。本書収録のものはその原型である。

発端はほぼ同じだが、由利先生による解決の経緯はかなり改変されている。この改稿が行われたのは終戦直後の昭和二十一年で、当時の執筆状況を克明に記した「桜日記」（『探偵小説昔話』に収録）によれば、五月十七日から二十六日にかけて書き直され、一時、「毒草」と改題したことも分る。結局、元の題名のまま、昭和二十三年一月に龍生社から刊行された。

横溝氏の改稿癖についてはいまさら多くを語るまでもないだろう。「双生児は囁く」もそうだったが、主人公を改める場合も多い。

「赤い水泳着」（昭4）→「赤の中の女」（昭33）
「ペルシャ猫を抱く女」（昭21）→「肖像画」（昭27）→「支那扇の女」（昭32）
「双生児は踊る」（昭22）→「暗闇の中にひそむ猫」（昭31）
「聖女の首」（昭23）→「七つの仮面」（昭31）
「車井戸は何故軋る」（昭24）→「車井戸はなぜ軋る」（昭30）
「悪霊」（昭24）→「首」（昭30）
「人面瘡」（昭24）→「人面瘡」（昭35）

などは、別の主人公から金田一耕助物へと大きく書き直した例である。殺人妄想に取りつかれた女性を主人公とする「憑かれた女」からも、横溝氏の創作手法の一端を窺《うかが》い知ることができるだろう。

せっかく作家専業となったものの、昭和八年五月、横溝氏は肺結核を発病し、しばらく創作活動に制約を受けてしまう。まだ療養所生活には入っていなかったが、「憑かれた女」

の第二回には特別に「作者の言葉」があり、〝今月は病気の為め、到底、執筆に堪へられなかつたものですから、口述を以て筆記して貰ひました。読者、これを諒とせられて御愛読下さらば幸ひです〟と、体調不良による執筆事情を語っていた。

横溝作品でこれまであまり目に触れる機会のなかったのは、ごく短い枚数の作品群ではないだろうか。数多い長編や短編の陰に隠れて、初期のものを除けば再録の機会がなかった。

探偵小説の「桜草の鉢」(『信濃毎日新聞』夕刊　昭14・1/7〜10)と「嘘」(『四国新聞』昭22・1)、あるいは怪奇小説の「霧の夜の放送」(『主婦之友』昭13・7)と「首吊り三代記」(『探偵』昭6・5)は探偵作家らしい作品だが、その他、ユーモラスな「相対性令嬢」(『文藝春秋』昭3・1)と「ねえ! 泊ってらっしゃいよ」(『講談雑誌』昭4・4)、皮肉たっぷりの「悧口すぎた鸚鵡の話」(『新青年』昭5・9)、珍商売の「地見屋開業」(『朝日新聞』夕刊　昭11・5/21)、ロマンチックな「虹のある風景」(『近代生活』昭4・6)と、多彩な作品が並ぶ。

戦後まもなくの作品である「絵馬」(『家の光』昭21・10)は、『双生児は囁く』に収録した「心」と同様に、岡山県に疎開していた作者が、元刑事の浅原から探偵談を聞くというスタイルをとっている。前出の「桜日記」によれば、原稿の依頼の手紙が届いたのは昭和二十一年七月十九日で、二百字詰原稿用紙で六十七枚の原稿を書き上げたのは八月十一日。原稿料は千三百円だった。生地である神戸と岡山を結んだ作品として、「絵馬」も注目したい短編である。

そして、この角川文庫版には、さらに二作の未収録作品が追加された。「燈台岩の死体」（『ポケット』大10・11）は、投稿時代の貴重な作品で、デビュー作の「恐ろしき四月馬鹿」と同じ年の発表である。人望のあった神主が犯人とされた殺人事件の真相が語られていく。「甲蟲の指輪」（『家庭シンアイチ』昭6・7／5）は、電車内での毒殺事件で、指輪がすべての真相を秘めている。ラストが効果的だ。

さきの『双生児は囁く』は幸いにして多くの横溝正史ファンに歓迎された。本書もまた、新たに発見されたものを含めて、ヴァラエティに富んだ作品集として楽しめるだろう。中島河太郎、島崎博、浜田知明といった諸氏の研究をふまえて、いまなお書誌的な研究が横溝作品についてはすすめられている。そして、いまなお多くのファンに愛読されているのが横溝作品である。

（資料提供・浜田知明）

初出誌

河獺《かわうそ》	ポケット　大正11・7
艶書御要心	サンデー毎日　大正15・10／1
素敵なステッキの話	探偵趣味　昭和2・7
夜読むべからず	講談雑誌　昭和3・8
喘ぎ泣く死美人	講談雑誌　昭和4・7増刊
憑かれた女	大衆倶楽部　昭和8・10―12
桜草の鉢	信濃毎日新聞夕刊　昭和14・1／7―10
嘘	四国新聞　昭和22・1
霧の夜の放送	主婦之友　昭和13・7
首吊り三代記	探偵　昭和6・5
相対性令嬢	文藝春秋　昭和3・1
ねえ！　泊ってらっしゃいよ	講談雑誌　昭和4・4
悧口すぎた鸚鵡の話	新青年　昭和5・9
地見屋開業	朝日新聞夕刊　昭和11・5／21
虹のある風景	近代生活　昭和4・6
絵馬	家の光　昭和21・10

燈台岩の死体
甲蟲の指輪

ポケット　大正10・11
家庭シンアイチ　昭和6・7／5

本書中には、今日の人権擁護の見地に照らして不当・不適切と思われる語句や表現がありますが、作品発表時の時代的背景を考え合わせ、また著者が故人であるという事情に鑑み、底本どおりとしました。

編集部

喘《あえ》ぎ泣《な》く死美人《しびじん》

横溝正史《よこみぞせいし》

平成18年 12月25日　初版発行
令和 6 年 12月15日　21版発行

発行者●山下直久

発行●株式会社KADOKAWA
〒102-8177　東京都千代田区富士見2-13-3
電話　0570-002-301（ナビダイヤル）

角川文庫 14520

印刷所●株式会社KADOKAWA
製本所●株式会社KADOKAWA

表紙画●和田三造

●お問い合わせ
https://www.kadokawa.co.jp/（「お問い合わせ」へお進みください）
※内容によっては、お答えできない場合があります。
※サポートは日本国内のみとさせていただきます。
※Japanese text only

ISBN978-4-04-355505-5　C0193

角川文庫発刊に際して

角川源義

第二次世界大戦の敗北は、軍事力の敗北であった以上に、私たちの若い文化力の敗退であった。私たちの文化が戦争に対して如何に無力であり、単なるあだ花に過ぎなかったかを、私たちは身を以て体験し痛感した。西洋近代文化の摂取にとって、明治以後八十年の歳月は決して短かすぎたとは言えない。にもかかわらず、近代文化の伝統を確立し、自由な批判と柔軟な良識に富む文化層として自らを形成することに私たちは失敗して来た。そしてこれは、各層への文化の普及滲透を任務とする出版人の責任でもあった。

一九四五年以来、私たちは再び振出しに戻り、第一歩から踏み出すことを余儀なくされた。これは大きな不幸ではあるが、反面、これまでの混沌・未熟・歪曲の中にあった我が国の文化に秩序と確たる基礎を齎らすためには絶好の機会でもある。角川書店は、このような祖国の文化的危機にあたり、微力をも顧みず再建の礎石たるべき抱負と決意とをもって出発したが、ここに創立以来の念願を果すべく角川文庫を発刊する。これまで刊行されたあらゆる全集叢書文庫類の長所と短所とを検討し、古今東西の不朽の典籍を、良心的編集のもとに、廉価に、そして書架にふさわしい美本として、多くのひとびとに提供しようとする。しかし私たちは徒らに百科全書的な知識のジレッタントを作ることを目的とせず、あくまで祖国の文化に秩序と再建への道を示し、この文庫を角川書店の栄ある事業として、今後永久に継続発展せしめ、学芸と教養との殿堂として大成せんことを期したい。多くの読書子の愛情ある忠言と支持とによって、この希望と抱負とを完遂せしめられんことを願う。

一九四九年五月三日

角川文庫ベストセラー

金田一耕助ファイル1 八つ墓村 横溝正史

鳥取と岡山の県境の村、かつて戦国の頃、三千両を携えた八人の武士がこの村に落ちのびた。欲に目が眩んだ村人たちは八人を惨殺。以来この村は八つ墓村と呼ばれ、怪異があいついだ……。

金田一耕助ファイル2 本陣殺人事件 横溝正史

一柳家の当主賢蔵の婚礼を終えた深夜、人々は悲鳴と琴の音を聞いた。新床に血まみれの新郎新婦。枕元には、家宝の名琴〝おしどり〟が……。密室トリックに挑み、第一回探偵作家クラブ賞を受賞した名作。

金田一耕助ファイル3 獄門島 横溝正史

瀬戸内海に浮かぶ獄門島。南北朝の時代、海賊が基地としていたこの島に、悪夢のような連続殺人事件が起こった。金田一耕助に託された遺言が及ぼす波紋とは？　芭蕉の俳句が殺人を暗示する⁉

金田一耕助ファイル4 悪魔が来りて笛を吹く 横溝正史

毒殺事件の容疑者椿元子爵が失踪して以来、椿家に次々と惨劇が起こる。自殺他殺を交え七人の命が奪われた。悪魔の吹く嫋々たるフルートの音色を背景に、妖異な雰囲気とサスペンス！

金田一耕助ファイル5 犬神家の一族 横溝正史

信州財界一の巨頭、犬神財閥の創始者犬神佐兵衛は、血で血を洗う葛藤を予期したかのような条件を課した遺言状を残して他界した。血の系譜をめぐるスリルとサスペンスにみちた長編推理。

角川文庫ベストセラー

金田一耕助ファイル11 首
横溝正史

滝の途中に突き出た獄門岩にちょこんと載せられた生首。まさに三百年前の事件を真似たかのような凄惨な村人殺害の真相を探る金田一耕助に挑戦するように、また岩の上に生首が……事件の裏の真実とは？

金田一耕助ファイル12 悪魔の手毬唄
横溝正史

岡山と兵庫の県境、四方を山に囲まれた鬼首村。この地に昔から伝わる手毬唄が、次々と奇怪な事件を引き起こす。数え唄の歌詞通りに人が死ぬのだ！　現場に残される不思議な暗号の意味は？

金田一耕助ファイル13 三つ首塔
横溝正史

華やかな還暦祝いの席が三重殺人現場に変わった！　宮本音禰に課せられた謎の男との結婚を条件とした遺産相続。そのことが巻き起こす事件の裏には……本格推理とメロドラマの融合を試みた傑作！

金田一耕助ファイル14 七つの仮面
横溝正史

あたしが聖女？　娼婦になり下がり、殺人犯の烙印を押されたこのあたしが。でも聖女と呼ばれるにふさわしい時期もあった。上級生りん子に迫られて結んだ忌わしい関係が一生を狂わせたのだ――。

金田一耕助ファイル15 悪魔の寵児
横溝正史

胸をはだけ乳房をむき出し折り重なって発見された男女。既に女は息たえ白い肌には無気味な死斑が……情死を暗示する奇妙な挨拶状を遺して死んだ美しい人妻。これは不倫の恋の清算なのか？

角川文庫ベストセラー

双生児は囁く　横溝正史

「人魚の涙」と呼ばれる真珠の首飾りが、檻の中に入れられデパートで展示されていた。ところがその番をしていた男が殺されてしまう。横溝正史が遺した文庫未収録作品を集めた短編集。

悪魔の降誕祭　横溝正史

金田一耕助の探偵事務所で起きた殺人事件。被害者はその日電話をしてきた依頼人だった。しかも日めくりのカレンダーが何者かにむしられ、12月25日にされていて——。本格ミステリの最高傑作！

殺人鬼　横溝正史

ある夫婦を付けねらっていた奇妙な男がいた。彼の挙動が気になった私は、その夫婦の家を見張った。だが、数日後、その夫婦の夫が何者かに殺されてしまった！　表題作ほか三編を収録した傑作短篇集！

喘ぎ泣く死美人　横溝正史

当時の交友関係をベースにした物語「素敵なステッキの話」。外国を舞台とした怪奇小説の「夜読むべからず」や「喘ぎ泣く死美人」など、ファン待望の文庫未収録作品を一挙掲載！

髑髏検校　横溝正史

江戸時代。豊漁ににぎわう房州白浜で、一頭の鯨の腹からフラスコに入った長い書状が出てきた。これこそ、後に江戸中を恐怖のどん底に陥れた、あの怪事件の前触れであった……横溝初期のあやかし時代小説！

角川文庫ベストセラー

私のこだわり人物伝
真山仁が語る横溝正史
横溝正史
真山仁

一億総自信喪失時代に陥っている今こそ、横溝正史が生み出した作品が必要とされている――。真山仁が熱く語る、アイデンティティ・クライシス時代の救世主としての横溝正史論。

夏しぐれ
時代小説アンソロジー
編／縄田一男
平岩弓枝、藤原緋沙子、諸田玲子、横溝正史、柴田錬三郎

夏の神事、二十六夜待で目白不動に籠もった俳諧師が死んだ。不審を覚えた東吾が探ると……。『御宿かわせみ』からの平岩弓枝作品や、藤原緋沙子、諸田玲子など、江戸の夏を彩る珠玉の時代小説アンソロジー！

書を捨てよ、町へ出よう
寺山修司

平均化された生活なんてくそ食らえ。本も捨て、町に飛び出そう。家出の方法、サッカー、ハイティーン詩集、競馬、ヤクザになる方法……、天才アジテーター・寺山修司の１００％クールな挑発の書。

ポケットに名言を
寺山修司

世に名言・格言集の類は数多いけれど、これほど型破りな名言集はきっとない。歌謡曲から映画の名セリフ。思い出に過ぎない言葉が、ときに世界と釣り合うことさえあることを示す型破りな箴言集。

不思議図書館
寺山修司

けた外れの好奇心と独特の読書哲学をもった「不思議図書館」館長の寺山修司が、古本屋の片隅や古本市で見つけた不思議な本の数々。少女雑誌から吸血鬼の文献資料まで、奇書・珍書のコレクションを大公開！

角川文庫ベストセラー

幸福論　寺山修司

裏町に住む、虐げられし人々に幸福を語る資格はないのか？　古今東西の幸福論に鋭いメスを入れ、イマジネーションを駆使して考察。既成の退屈な幸福論をくつがえす、ユニークで新しい寺山的幸福論。

誰か故郷を想はざる　寺山修司

酒飲みの警察官と私生児の母との間に生まれて以来、家を出て、新宿の酒場を学校として過ごした青春時代を、虚実織り交ぜながら表現力豊かに描いた寺山修司のユニークな「自叙伝」。

さかさま世界史 英雄伝　寺山修司

コロンブス、ベートーベン、シェークスピア、毛沢東、聖徳太子……強烈な風刺と卓抜なユーモアで偉人たちの本質を喝破し、たちまちのうちに滑稽なピエロにしてしまう痛快英雄伝。

寺山修司青春歌集　寺山修司

青春とは何だろう。恋人、故郷、太陽、桃、蝶、そして祖国、刑務所。18歳でデビューした寺山修司が、情感に溢れたみずみずしい言葉で歌った作品群。歌に託して戦後世代の新しい青春像を切り拓いた傑作歌集。

寺山修司少女詩集　寺山修司

忘れられた女がひとり、港町の赤い下宿屋に住んでいました。彼女のすることは、毎日、夕方になると海の近くまで行って、海の音を録音してくることでした……少女の心の愛のイメージを描くオリジナル詩集。

角川文庫ベストセラー

さかさま恋愛講座 青女論

寺山修司

「少年」に対して、「少女」があるように、「青年」に対して「青女」という言葉があっていい。「結婚させられる」ことから自由になることがまず「青女」の条件。自由な女として生きるためのモラルを提唱。

戯曲 毛皮のマリー・血は立ったまま眠っている

寺山修司

美しい男娼マリーと美少年・欣也とのゆがんだ親子愛を描いた「毛皮のマリー」。1960年安保闘争を描く処女戯曲「血は立ったまま眠っている」など5作を収録。寺山演劇の萌芽が垣間見える初期の傑作戯曲集。

あゝ、荒野

寺山修司

60年代の新宿。家出してボクサーになった"バリカン"こと二木建二と、ライバル新宿新次との青春を軸に、セックス好きの曽根芳子ら多彩な人物で繰り広げられる、ネオンの荒野の人間模様。寺山唯一の長編小説。

山田風太郎ベストコレクション 甲賀忍法帖

山田風太郎

400年来の宿敵として対立してきた伊賀と甲賀の忍者たちが、秘術の限りを尽くして繰り広げる地獄絵巻。壮絶な死闘の果てに漂う哀しい慕情とは……風太郎忍法帖の記念碑的作品！

山田風太郎ベストコレクション 虚像淫楽

山田風太郎

性的倒錯の極致がミステリーとして昇華された初期短編の傑作「虚像淫楽」。「眼中の悪魔」とあわせて探偵作家クラブ賞を受賞した表題作を軸に、傑作ミステリ短編を集めた決定版。